Say You're
One of Them

就说你和他们一样

[美] 乌文·阿克潘 Uwem Akpan——著

卢相如——译

湖南文艺出版社
HUNAN LITERATURE AND ART PUBLISHING HOUSE

博集天卷
CS-BOOKY

献给我的父母
莱纳斯与玛格丽特
他俩的爱包容了世间所有故事

献给我在天国的乔治叔叔

请屏住呼吸，每个故事，
你都只有一次喘息的机会……

目录
Contents

就说你和他们一样　_ 001

为了到加蓬，要吃胖点　_ 035

圣诞大餐　_ 177

崭新的语言　_ 211

Say You're One of Them

即便如此，我们所侍奉的上帝，能将我们从烈火的窑中救出来。王啊，他也必救我们脱离你的手；即或不然，王啊，你当知道我们绝不侍奉你的神，也不敬拜你所立的金像！

《但以理书》3：17—18

世人哪，耶和华已指示你何为善……只要你行公义，好怜悯，存谦卑的心，与你的上帝同行。

《弥迦书》6：8

Say You're One of Them

就说你和他们一样

Say You're One of Them

无论任何人问起你的身份，记住，
就说你和他们一样！

　　我今年九岁零七个月大。我现在正待在房间里跟弟弟玩躲猫猫，他叫作让。现在是星期六的傍晚，太阳已经落山了，我们的小屋外头一片寂静。偶尔，傍晚的凉风朝我们徐徐吹来。打从昨天起，爸妈就把我们关在家里。

　　妈妈走进房间，在我们看到她前，赶紧关了灯。房间里黑漆漆的，让吓得大哭不止，但妈妈亲亲他之后，他又开怀地咯咯笑。他伸长了手要人抱，不过妈妈看样子在赶时间。"今天晚上别开灯。"妈妈小声对我说。

　　我点点头："好的，妈妈。"

　　"带弟弟过来。"我牵着让跟在她身后，"别给任何人开门，爸爸跟我都不在家，所以没人在家。听见没有，莫妮卡？"

　　"知道了，妈妈。"

　　"现在别问任何问题，乖女儿。等爸爸和叔叔回来后，他们会跟你解释清楚的。"

妈妈领着我们穿过走廊，走进她的房间，然后点燃一根从客厅祭坛取来的蜡烛。她把身上的衣服换下来扔在地板上，告诉我们她傍晚有事要出去，而且已经迟到了。她气喘吁吁，仿佛刚跑完一百米似的，身上淌着汗水。妈妈穿着一件漂亮的黑色晚礼服，爸爸很喜欢妈妈穿这件衣服，而且他会替妈妈梳理柔软的头发。我替妈妈拉上背后的拉链。她涂上深红色唇膏，抿抿嘴唇。礼服上的小金属片在烛光中闪闪发亮，看上去像是她的心着了火。

图西族的妈妈可是个大美人。她有高耸的颧骨、细窄的鼻梁、丰满的嘴唇，她的手指修长、大眼灵动、骨架纤细。你甚至能瞧见她浅肤色手背的蓝色血管，和从比利时来的神父马丁一样。我长得像妈妈，等我长大以后身材也会和她一样高挑，但爸爸和胡图族人叫我香吉，卢旺达语的意思为"小个子"。

爸爸和大部分胡图族人一样，皮肤黝黑。他有张圆脸、塌扁的鼻子和棕色眼眸。他的嘴唇像香蕉一样饱满，很爱开玩笑，经常逗得人笑到流泪。让长得像爸爸。

"可是妈妈你说过只有坏女人才会晚上出门呀！"

"莫妮卡，我说过今天晚上不准发问。"

她停下来盯着我瞧，就在我准备说话的时候，妈妈对我大声咆哮："闭嘴！去跟弟弟坐在一块儿！"

妈妈从没这样对我大吼过，她今天好奇怪。泪水在她的眼眶中打转。我拿起"布鲁塞尔之爱"香水瓶，这是爸爸买给妈妈的香水，他很爱她，附近邻居都知道这芬芳的香水味专属于妈妈。我将香水递给她，只见她双手颤抖，突然回过神来。她没在身上喷洒香水，却将香水喷在让身上。他兴奋地嗅嗅双手和衣服。我央求妈妈也给我喷点香水，她却不答应。

"无论任何人问起你的身份，记住，就说你和他们一样！"妈妈口气严厉，却没有盯着我的眼睛。

"有谁会问？"

"任何人。你得学会照顾让，莫妮卡。你不得不如此，知道吗？"

"我会的，妈妈。"

"答应我！"

"我答应你。"

妈妈径自走向客厅，让跟在后头，抽噎着要人抱抱他。我手里拿着蜡烛，我们在客厅的大沙发上坐下，妈妈赶紧吹熄了蜡烛。我们家的客厅从来不会完全陷入一片黑暗，因为屋内一隅的十字架会发出黄绿色的光芒。爸爸喜欢形容它为半透明。让像往常一样摇摇晃晃走到祭坛边，他将两只手放在十字架上，仿佛在把玩一个玩具。光线穿过他的指尖，使手指发出绿色的光芒。他转过身来，朝我们笑个不停。我一个箭步将他抱回来，不希望他扯下紧贴在墙上的十字架，或是扯掉一旁花瓶内的三叶梅。保持祭坛的完好是我的责任。我喜欢十字架，我的亲戚们也都喜欢，除了恩泽伊马纳，他是个巫师。

这名巫师是爷爷的兄弟。他并非基督徒，不过法术高超。要是他不喜欢你，就会在你身上下咒，最后你会变得一无是处，除非你是个信仰坚定的天主教徒。他的肤色是牛奶加点咖啡的颜色。他未婚，因为他讨厌自己的皮肤，不想将此特征传给下一代。他偶尔会拿木炭涂黑自己的皮肤，直到雨洗掉他身上的黑渍。我不清楚他为何会拥有这样的肤色。爸妈推说原因很复杂，跟通婚有关。他年纪一大把，依靠拐杖行走，嘴唇又长又垂，因为他经常用嘴唇将噩运与疾病吹进别人的身体里。他总喜欢拿他那张丑陋的面孔吓唬小孩。每回见着他，我都拔腿就跑。爸爸身为他的侄子却一点儿都不欢迎他到我们家，不过妈妈倒是能容忍他，"不要紧，他是我们的亲戚。"她说。爸爸唯一的弟弟安德烈叔叔更是厌恶他，两人就算在路上相遇也不打招呼。

尽管我是女孩，爸爸还是说他死后，十字架归我所有，因为我是家中长女。我将把这个十字架传给我的孩子。有些人嘲笑爸爸将十字架传给家中的女儿，但其他人只是耸耸肩，同意爸爸的做法，因为他上过大学，而且在政府部门工作。偶尔，安德烈叔叔与安妮特婶婶会来拜访我们，他们对爸爸的这个决定大加赞扬。安妮特婶婶怀孕了，如果上帝给他俩一个女儿，他们肯定也会这么做。

要是不看身份证的话，你绝对不会知道安德烈叔叔跟爸爸是亲兄弟。他的外形介于我爸妈之间，他跟妈妈一样高，肤色却没有爸爸那么黑，脸上蓄了点胡子。安妮特婶婶跟妈妈很要好，尽管她跟妈妈一样是图西族，皮肤却跟爸爸一样黝黑。偶尔在路上，警察会要求查看她的身份证，好确定她的血统。这些日子，爸妈总开玩笑说她肚里怀了六胞胎，因为她的肚子实在胀得好大。她每次怀孕都会流产，每个人都心知肚明是巫师下了咒。不过这对夫妻信仰坚定，他俩偶尔会在公众场合亲吻，跟电视里的比利时人一样，我们族人可不怎么欣赏这一点，不过他们夫妻俩一点儿都不在乎。安德烈叔叔带她到基加利的好医院做产检，爸爸跟亲戚们纷纷捐钱资助他们产检的费用，因为他俩不过是穷苦的小学老师。巫师也想要捐钱给他们，不过他们拒绝了他的好意。就算他只捐出一法郎，他那带有噩运的钱财也将吞噬所有善意，就像法老梦里那头生病且饥饿的牛。

妈妈突然起身："莫妮卡，我走以后记得锁门！爸爸很快就回来了。"我听见妈妈朝厨房走去的声音，然后打开后门，停了一会儿。接着门关上了，她走了。

我再次点着蜡烛，走进厨房锁上门。我们吃过米饭和鱼后便回房间了，我替让换上法兰绒睡衣，唱歌哄他睡觉，接着我换上了睡衣，在他身边躺下。

我恍惚在梦中听见安德烈叔叔的声音，那声音跟昨天下午他嚷嚷着要爸爸离开时一样焦躁。"香吉，香吉，快给我开门啊！"安德烈叔叔大喊。

"等等，这就来。"我试着回答，但在梦中我却叫不出声来，两条腿像是太阳底下融化的奶油。我听见外头传来许多骚动声响，还有听起来像爆炸声的枪响。

"快开门，快呀！"他再次大喊。

我惊醒过来，安德烈叔叔果真在门外大叫。

我走进客厅打开日光灯，眼睛一阵刺痛。有人正重击前门，我看见他们用大砍刀和斧头朝大门挥砍。夹板门上立刻多了好几个洞。两扇窗户破了，来复枪托和长柄锄伸进屋内，我搞不清楚出了什么事。攻击的人群无法通过窗户的小洞携枪闯进来，因为窗户外装有铁栏杆。我吓得蹲坐在地，双手抱头，直到外头停止骚动，撤退为止。

我再次听见安德烈叔叔的声音，这回他的声音跟平常一样冷静而低沉，屋外一片寂静。

"可怜的宝贝，别怕！"他跟让一样笑得自信开怀，"人都走啦，你爸爸跟我在一块儿呢。"

我一路踩着碎玻璃前去开门，安德烈叔叔却跟一群人一块儿冲撞进来，男男女女全都握有武器。

"妈妈呢？"他问。

"出去了。"

他的模样看上去像个发狂的人，顶着仿佛一年都没梳理过的蓬乱头发，身上那件绿色衬衫的扣子没扣，也没有穿鞋。

"她上哪儿去了？"其中一个暴民失望地问道。

"她没说。"我回答。

"晚上见到爸爸了吗？"安德烈叔叔问。

"没有。"

"没有？当心我宰了你！"他的脸气得鼓起来。

我的目光在人群中扫视："你不是说爸爸跟你一起……爸爸呢？爸爸！"

"没胆的家伙跑了！"其中有个暴民嚷嚷道。

另外一个人喊道："实在太不公平了！"

他们的脸上露出足球冠军才有的胜利表情，当中有些人我认识，身穿印染花布衣裳的教堂引座员帕斯卡尔先生哼起歌来，老师的女儿安裘莉小姐则随着曲调摇摆，仿佛踏着雷鬼音乐节拍起舞，她朝弗朗索瓦先生竖起大拇指，他是这附近基督复临安息日会①的牧师。

几个人挑衅地挥舞着身份证，好似要进行一次人口普查。其他人则开始搜查我们的房子，像狗一样到处嗅闻，他们闻到让身上有妈妈的"布鲁塞尔之爱"香水味而找他麻烦，让开始号啕大哭。我赶紧跑进房里抱他到客厅，我听见这群人在家中各处胡乱翻找，他们掀开床垫、捣毁衣柜。

突然间，我看到祭坛旁的巫师转过身来对我使眼色，然后朝基督受难像挥舞着他的手杖，一次、两次，结果基督的身体便从十字架上落下来，撞到地板上摔碎了。少了四肢的基督滚到我的脚边，只剩下一点边缘呈锯齿状的四肢残骸还挂在上面，最后连十字架也从祭坛上落下。巫师冲着我笑，欣赏着我沮丧的样子。趁他一个不留神，我一

---

① 一个世界性的宣教教会，特点是将星期六作为真正的安息日，认定星期天是伪安息日，一切以《圣经》为依据，并在全世界开展布道活动。

把抓起基督残破不堪的躯体，藏在让的上身睡衣里，然后在沙发上坐下，把让抱到双膝上。巫师兴高采烈地想要找回基督的躯体，好像一个大孩子在找玩具。

他转过身来望着我："香吉，是你拿走的吗？"

我转过头去："没有。"

"看着我，小女孩。"

"我没拿呀！"

我紧紧抱着让。

巫师关掉电灯，让扑哧一笑，因为他的肚子像基督一样发出亮光。巫师再度打开灯，走向我们，脸上带着不怀好意的笑容。让才不怕眼前的老人，巫师伸手想要取走基督，让奋力挣扎，几乎扭曲着身体也要捍卫身上的宝物。巫师开怀大笑，让用他仅有的八颗牙咬了这男人的手指。我真希望他的牙齿是铁打的，可以咬掉巫师的整只手，因为我觉得一点儿都不好笑。可是这老男人却一个劲儿取笑我俩，他还吐出舌头朝我们扮鬼脸。他大笑时会露出牙龈，还有那些缺了牙的凹洞，笑得上气不接下气的他顺势从让那儿夺回基督的身体，放进他异教袍的口袋里。

安德烈叔叔在一旁显得气急败坏、焦躁不安。从我告诉他爸妈不在家之后，他就不理我。我也一样生他的气，因为他骗了我闯进屋来，现在巫师毁了我的十字架，偷走了基督的身体。

听到爸妈房间里传来的噪声，我跟让立刻奔过去，因为爸妈从不准访客进他们的房间。两名男子在他们的衣柜里胡乱翻找：其中一名男子秃头，身穿一条肮脏的黄色长裤，裤管卷起，没穿鞋，他上半身赤裸，胸前有几撮胸毛，肚皮又大又圆。另一个人较年轻，约莫中学生的年纪，头发与胡子修剪得很整齐，好像刚从理发店出来，他两眼凸出，身材高挑，穿了一件 T 恤、一条牛仔工装裤和一双脏兮兮的蓝色网球鞋。

肚皮浑圆的男子要我抱抱他，一脸恶作剧的模样望着那名年轻男子。我还来不及开口说话，他就脱掉了那条黄色长裤，然后把手伸向我。我不想碰他，赶快带着让钻进床底下，他却拉着我的脚踝拖我出来，把我按压在地板上。男子赤裸着身体，用他的左手抓住我的两只手腕，然后用右手撩起我的睡衣、撕破我的内裤。我声嘶力竭地喊叫。我大声呼喊在走廊上踱步的安德烈叔叔，他却没来搭救我，于是我继续放声大叫。我奋力扭动身体，夹紧两膝。接着，我在那个男人的身上咬了一口。他扬起手来，连扇我几个耳光，直打得我的唾沫里都是咸咸的血腥味。我朝他脸上吐了两次口水，他用力将我的头撞向地板，一只手掐住我的脖子，另一只手用拳头猛捶我左侧的大腿。

"住手！香吉是我们的人！"巫师冲进房里对他说。

"呃……把这小东西……留给我吧。"赤裸着身子的男子说。他尿在我的大腿和睡衣上，湿湿黏黏的东西像是婴儿的食物，我几乎喘不过气来，因为他像死人一样用全身的重量压着我。最后他站起身来，穿上裤子。巫师弯下腰来望着我，松了一口气。

"香吉，听得见我说话吗？"巫师说。

"嗯。"

"你没事了！"

"还好吧。"

"运气不佳，小姑娘，运气不佳，坚强点！"他转过身去，朝那个侵犯我的男子大声咆哮，"算你走运，没撑破她的子宫，否则我会亲手勒死你！"

"让，"我小声说，"我弟弟呢？"

身穿工装裤的男子在床底下找到了他，让像条巨蟒般蜷缩起身体，男子把他拖出来。让将他的大头靠在我的胸前，我突然感到一阵剧烈的头痛，仿佛那个男子还在抓着我的头撞击地面，我的眼前出现好多穿着黄色长裤和工装裤的男子，还有许多巫师。地板剧烈晃动。我试图睁开眼睛，却没法做到。让不断轻抚我磨破的嘴唇。

有人将我跟让一块儿抱起，带我们回到客厅。安德烈叔叔坐在两名男子中间，他们试图安抚他。安德烈叔叔把头埋在两手之间，巫师站在他身后，轻拍他的肩膀。

安德烈叔叔一见到我们就立刻跳起来，不过对方却将他按回沙发，责怪他，要他好好克制自己。他听不进对方的劝告。

"我那混账哥哥跟他的老婆不在家？"他说道，仿佛刚从沉睡中苏醒，"他欠我一个人情。要是见不到他，我就要杀了他的孩子！"

"侄子啊，"巫师"砰"的一声，用手杖敲击着地面，"你别担心，他会付出代价的。这回没人能逃出我们的掌心，没人办得到！"

众人窃窃私语，表示同意。

我不清楚爸爸为何会欠他弟弟钱，爸爸明明比他还有钱。不论理由是什么，我确信爸爸明天就会还给他。

人群的情绪缓和不少，他们三五成群地站着说话，就像菜市场里的女人一样。我依稀感到屋外聚集了更多人，只有弗朗索瓦先生失去耐心，让其他人加快脚步，他们还得赶去别处，政府花钱买了大砍刀和枪支可不是要所有人无所事事的。

过了一会儿，巫师暂时离开安德烈叔叔，走向我们。"小姑娘，"他问，"你知不知道你爸妈去哪儿了？"

"不知道。"我说。

"等他们回来后，你告诉他们所有的路都封锁了，你们无路可逃。至于你，聪明的女孩，如果想活命的话就别离开这房子。我们这片土地布满幽灵，而且全都是恶灵。"巫师拍拍我的肩膀说，接着他轻挥手杖，摇着头，仿佛正在命令恶灵现身。然后他走了出去，消失在人群中。

待所有人都离去后，我再次锁上门。花瓶里的花全被压烂了，祭坛上的布幔遭到践踏，到处是玻璃碎片。写字桌的抽屉全被拉了出来，书架翻倒在地。电视机此刻面对着墙壁，冷风吹开了百叶窗。我找到十字架，将它放回祭坛。

我想睡觉，但恐惧跟随着我进入房间，我的手指头不停颤抖，感到头部沉重而肿胀。我的左大腿留有男子殴打过的伤痕，我的嘴角依旧淌着血，睡衣前面都弄脏了。我不该戏弄巫师，不知他会召唤什么恶灵对付我们姐弟。他或许也在安德烈叔叔身上下了咒。让吓得全身起鸡皮疙瘩，我则害怕得不敢整理房间，跟弟弟瑟缩在掉在地上的床垫一角，开始祈祷。

客厅里的嘈杂声响和爸妈的声音惊醒了我。大伙儿聚集在那儿七嘴八舌，天还没完全亮。我全身酸痛不已，上嘴唇肿了起来，仿佛嘴里含着太妃糖或是口香糖。我没见到让的身影。

我一瘸一拐地走向客厅，却只见到爸妈和让。或许其他声音是我的幻觉。爸妈一见到我出现就立刻停止了谈话，妈妈坐在沙发上宛如圣母玛利亚雕像，那尊痛苦的圣母正低着头。爸爸抱着让站在祭坛边，正舀起一匙热乎乎的燕麦粥喂他吃。让两眼无神，眼眶盈满泪水，好像接连几天没睡觉。他甩甩头，发出尖叫，推开食物。"吃一点儿吧，孩子，吃一点儿。"爸爸不耐烦地说，"吃了东西才有力气。"

这个星期天早上，家人并未准备做弥撒。客厅的灯关了，家具依旧散乱，和昨晚一样。家里的门窗紧闭，餐桌被推去抵住前门。家中仿佛鬼影幢幢，从巫师手杖变出来的恶灵依旧阴魂不散。

我朝爸爸扑过去："早安，爸爸！"

"嘘……好，早安。"他小声说着，把让放在地板上，蹲下来握住我的手，"小声点，别害怕。我不会再让任何人伤害你，好吗？"

"好的，爸爸。"

我想要抱住爸爸，他却用手挡住我："别开灯，现在也别去烦你妈妈。"

"巫师说有鬼……"

"这里没有鬼……听着，我们今天不做弥撒。马丁神父上个星期回家了。"爸爸说话时并未看着我，却将目光望向窗外。

我听见厨房传来喷嚏声，听上去像只病猫的声音。我看着爸妈，却见他俩一脸茫然，我心里突然有些发毛，或许是我在做梦，或许不是。我靠近爸爸问道："安德烈叔叔现在跟巫师很要好吗？"

"在家里不准再提起安德烈叔叔！"

"他带人闯进我们家，撕破我的内裤。"

"少来烦我！"

他走到窗边抓住铁栏杆，这样才能稳住身体，但他浑身颤抖个不停，脸上肌肉紧绷，一直眨着眼睛。通常如果爸爸不说话，肯定是要揍人了。

我默默走到沙发旁，坐下。我想悄悄溜到妈妈身边，她却一手推开我。我就像强风之下折弯腰的树木一般反抗着，接着恢复原来的姿势。妈妈今天意兴阑珊，就连她最宠爱的小男孩也不理会。她没有说话哄他，也不碰他，只是缄默不语。她的脸上满是困惑，表现得就像一只被邻居孩子拿高粱啤酒喂食的羊。

站在窗边的爸爸回过头来望着我，仿佛不再视我为他疼爱的香吉。当他见到让安稳地睡在妈妈脚边的地毯上，就开始责备我："你这个笨孩子，难道没看见弟弟需要一张床？还不抱他进卧房，别再来打扰我！"

我像只没有任何去路的蚂蚁在客厅内打转。我不敢进房间，因为我怕鬼。爸爸抓着我的手拖我进去。他打开房间的灯，我们的玩具散落一地。他将床垫推回床上，然后整理了房间，不过房间内依旧凌乱。爸爸诅咒这些他跟妈妈到美国玩的时候特意带给我们的玩具。他将泰迪熊踢向墙壁，用脚踩着崔弟和米奇。他两只手脏兮兮的，指甲缝里沾满了泥巴，见我盯着他看，就说："有什么好看的？"

"对不起，爸爸。"

"我不是说过不准开灯，是谁开的灯？"我关掉灯。"去把你那个笨弟弟抱上床睡觉。你应该好好疼他。"

"好的，爸爸。"

我走回客厅，希望妈妈能有所反应，她却无动于衷，因此我独自抱让上床。

"待在这儿别走，孩子。"爸爸说完关上房门，回到了客厅。

小时候，我经常骑着爸爸的肩膀上山去。我们常常前往另一个山谷，去妈妈的娘家玩。爸爸告诉我，他第一次见到妈妈时，跟我差不多大，两人经常在山里面玩。他俩念同一所小学和大学。

山里的云朵飘动时，就像是教堂内焚香的烟。我们的国家多风，山里面的风经常吹得人眼泪直流，风儿仿佛饥饿的牛在山谷间流窜。鸟儿随风飞舞，鸟鸣声与风的呼啸声相互呼应。爸爸开怀大笑，他的笑声被风儿裹挟着散布在空中。从山顶向下俯瞰，你会见到土地呈现红色。你会看见一排排香蕉树与大蕉树，它们中央的叶子向上卷起，宛如在风中伸出一柄黄绿色的剑。你还能见到农民在咖啡田中辛勤工作，每个人的肩头都挎着篮子。若是在干旱季节登山，脚底便会沾满尘土。雨季时，红色的泥土好似流淌于绿色肌肤下的血液，蔓生植物随处可见，许多昆虫爬出土壤。

我趾高气扬地走着，附近的恶霸都不敢招惹我，因为他们知道爸爸不会放过他们。甚至当爸爸喝醉时，我的眼泪也是他的最佳醒酒剂。有时候妈妈跟我闹得不愉快，他会去找妈妈理论。当有亲戚说我长得像妈妈是件危险的事时，爸爸会责备这些亲戚。爸爸喜欢告诉我，得知妈妈怀了我之后，他是如何不顾亲友的反对，跟妈妈在教堂举行婚礼的，即便他们生下的并非男丁。刚开始妈妈不听爸爸的劝告，他说——她坚持替他生个儿子后再举行婚礼。爸爸什么事都会告诉我。

妈妈对我的爱则全然不同。偶尔她凝望着我，竟会悲从中来。她一向不喜欢跟我一块儿出现在公众场合，只喜欢带让出门。她老是一副紧张兮兮的模样，仿佛会有狮子突然扑向我们，把我们吃下肚。

"妈妈，我很漂亮，对吧！"一天，我对她说。当时我们一家四口正从湖边野餐回来，妈妈坐在副驾驶座上，怀中抱着让，我坐在后座。

"你有其他变美的方式，莫妮卡。"她说。

"别跟孩子说这些。"爸爸对她说。

"我不明白。"我说。

"等长大后你就会懂了。"她说。

我再次清醒过来时,金黄色的阳光透过门板上的洞和破损的百叶窗钻了进来。阳光在阴暗处现身,我见到灰尘的分子微粒在光线下翩翩起舞。房子四周出奇地安静。我走进客厅,发现爸爸在窗边游走,确保外人不至于透过百叶窗的缝隙望进屋内。妈妈站在桌旁,眼睛正直直盯着两个相框。

其中一幅是爸妈的传统婚礼照片,照片拍摄至今已有十年,当时我还在妈妈的肚子里。参加婚礼的女性穿着高雅,身上穿的衣服好像马丁神父的短背心。生下男孩的已婚妇女头上会戴着由植物编织成的"皇冠"——妈妈去年生下让之后,才戴上这顶"皇冠"。照片背景有几头拴了绳的牛,这算是爸爸送给妈妈的聘礼,但不论我如何集中注意力,我的视线总会触及安德烈叔叔那灿烂的笑容。我用手遮住他的脸,妈妈却挪开我的手指。我转而去看另一张照片,那是去年爸妈在教堂举行婚礼的照片:爸妈和我坐在画面前方——我是婚礼的花童,两只手都戴了手套,系有白色缎带的花篮挂在我的脖子上;妈妈怀中紧抱着襁褓中的让,像捧着一束花似的。

"妈妈,房间里只有让一个人。"我说。

"我希望他可以睡上一整天。"她说,眼睛并未望向我。

"鬼魂不会带走他吗?"

"他会习惯的，去吃点东西吧，莫妮卡。"

"不，妈妈，我不饿。"

"那去洗个澡。"

"一个人？我还不想洗澡。"

她摸摸我的睡衣："你得去冲个澡。"

"妈妈，有人在我身上尿尿……"

"现在别说这些，"她望着爸爸，"她得去洗个澡。"

听到这里，我掀起睡衣展示我肿胀的大腿让妈妈瞧，她却拉下我的睡衣说道："你会有条新内裤，脸蛋会恢复以前的美丽。"

我将注意力重新放在照片上，开始用指甲刮安德烈叔叔的脸，想把他从我们家族的照片中剔除，但相框的玻璃镜面救了他。

妈妈不再盯着照片，她闭起眼睛，仿佛在祈祷。我拿起一旁的黄铜拆信刀，开始刮玻璃镜面上安德烈叔叔的那张脸。站在窗边的爸爸注意到这个刺耳的声音，他瞪了我一眼。我只好停下来。

"你为什么还要回来，回这个家里来？"爸爸对妈妈说完，望着我的脸，想知道我是否明白他提的这个问题。

我不明白。

他转过身去问妈妈："你回答啊！回到你昨天晚上待的地方，我求你，走吧。"

"不论你做何决定，千万别告诉女儿真相。"她说。

"她有权知道！"他尽量克制自己，不让情绪失控。

爸妈有事瞒着我。妈妈显然固执己见。他俩的话语宛如飞行棋棋盘上的骰子般，不经意地传进我的耳中。爸爸一脸罪恶，那样子就像个守不住秘密的孩子。

"我承受不住，"他说，"我办不到！"

"要是让莫妮卡知道昨天晚上我在哪里，"妈妈辩称，"你的家人绝不会饶过她。"他俩谈话时，我感觉到看不见的鬼魂在周围呼吸着，至少有二十个鬼魂在这里游荡。妈妈说话时，鬼魂们发出赞同的呻吟声，但爸妈似乎没有听见。

爸爸摇摇头说："你不该再回来，我可以说服他们……"

"我们得守着孩子。"

我不明白妈妈为何说她想跟我待在一起，她说话时并没有看着我呀。我望见身旁的白色墙壁上缓缓流下污水。污水来自天花板，一开始，墙壁流下两道细线条的污渍，接着，污渍线条加宽，合成了一条，然后，又多喷出两道污渍线条，宛如后院杧果树上的小蜘蛛顺着蛛丝滑下枝丫。我用指尖碰触墙面的液体，是血。

"鬼！有鬼！"我尖叫着冲向爸爸。

"这不是血。"他说。

"你骗人！那是血！是血！"

爸爸试图拉开我，我却挡在他前面抱住他。我紧紧地抱着他，想爬到他身上，直到我两只手紧抓住他的脖子，两腿夹住他的腰为止。他想用手遮住我的嘴，但我不断挣扎，扭动身体，爸爸几乎承受不住我的重量，我们俩差点摔倒在地。他晃了晃身体找回平衡，接着松了一口气，僵硬的身体柔软了点。他抱着我走向沙发，把我的脸压在他的胸口上，不让我见到血，我这才止住尖叫。我见到妈妈磨着牙，脸上出现一抹顽固的表情——或许巫师也在她身上下了咒。

不管爸爸如何抱紧我，我的身体仍不断颤抖。我向他描述昨天晚上发生的事，他安慰我别哭。他的眼眶也盈满了泪水，暖暖的眼泪迅速滴落在我身上。我从未见过他流泪，此刻，他跟我一样再也止不住泪水。他告诉我他会永远爱我，还把我的头放在他的肩膀上，用手轻拍我绑了发辫的头。我再次成了爸爸的香吉。

"他们都是善良的鬼魂，"他啜泣着，亲吻我的额头，"全都是丧了命的好人。"

"爸爸，我对巫师做了恶作剧。"

"别再去想昨晚的事了。"

他将我扛在肩上，带我到浴室。我脱掉睡衣扔进垃圾桶，接着拧开水龙头往浴缸内注入热水。墙壁上的水管总是发出呼噜呼噜好似叹息的声响，不过今天听上去像是血水在鬼魂的血管中流过。浴室充满了氤氲水汽，爸爸走进浴室，依然啜泣着，用衬衫的袖子拭去泪水。

他替我洗脸时，我闻到他手上有股生鸡蛋的味道。我伸手开了灯，爸爸似乎被自己的脏手吓了一跳，于是在水槽中洗手。浴室的热气令我们父女俩汗流浃背，我试图去拉开百叶窗，却被爸爸阻止。镜子里，我的嘴唇肿得不像话，没法刷牙。爸爸便用温水和小柜子里的碘酒替我擦拭嘴唇。

然后，他留我独自洗澡，告诉我不必害怕，他就在门外。洗过澡后，他陪我进房间换上牛仔裤和粉红色 T 恤。

之后我们回到客厅，坐在一块儿，远离那面沾了血渍的墙。我把头靠在他的肩膀上，顿时觉得饥肠辘辘。爸爸说要去给我弄点吃的，我告诉他不必了，因为我的嘴唇肿得无法吃东西。

"听着，我们不能总是逃避。"妈妈说。

爸爸耸耸肩："但我办不到，这有什么办法？"

他们又在说些我听不懂的话。

"你当然可以，"她说，"就像昨天晚上对安妮特做的那样。"

"我昨天不该去安德烈家。真是大错特错！"

爸爸走向窗边，往外瞧："我觉得我们应该向街角的联合国部队求援。"

"不行！你弟弟要是再回来，发现没有他要的东西，他会伤害我们所有人！"

"联合国部队是我们唯一的希望。"

"他们？别指望了！"

"不！"

"我的丈夫，不论你怎么决定，让孩子好好活下去，好吗？"

"妈妈，我们会死吗？"我问。

"不，不会，亲爱的，"妈妈说，"你不会死。你会活下去！"

窗外，烈日当空，尽管拉下了百叶窗，我依旧能够清楚地看到爸妈身上的衣物。爸爸穿着一条浅棕色牛仔裤，上面沾满污渍。妈妈浑身脏兮兮的，衣服上沾满了尘土，仿佛整晚都在摔跤，身上也充满汗水味。我意识到昨晚她不该出门——她从未在晚上出过门。她说有很多坏女人晚上不在家，因为卢旺达越来越穷困。

"妈妈，妈妈！"让突然间发出尖叫，想必是做了噩梦。她充满罪恶感地摇摇头，却没有起身去抱他的打算，仿佛一时间她丧失了做母亲的权利。我跟爸爸一起赶到卧室，让在爸爸身上攀爬着，哭着要妈妈。一个模糊的喷嚏声打破了沉寂，其中一个鬼魂倒吸了一口气，仿佛要窒息似的。我们紧抓着爸爸——他随身带着圣水进了卧室。

"没事儿，没事儿了。"爸爸环顾四周，一边泼洒圣水，一边念叨着。他像是在安慰鬼魂而非我们姐弟。我们同时听见鬼魂发出刺耳的喘息声。接着，喘息的间隔越来越久，最后，停了下来。爸爸与其他鬼魂开始同声叹息，较虚弱的鬼魂像是又死了一回。爸爸眼眶盈满泪水，张着嘴却发不出声音来。他像巫师般正在对鬼魂下令，却没拿手杖。

有人重重敲着我们的前门，爸爸迅速将让交给我。"别开门！"他小声对客厅内的妈妈说，接着转过身来望着我。"别带弟弟到客厅！"他陪我们待在房间，心思却在客厅。我们听见妈妈推开挡住大门的桌子，打开了前门与对方小声交谈。我们还听见了搬动桌椅的刺耳声音，咯吱作响。我听见屋顶传来一只大鸟拍动翅膀准备起飞的奇怪声响。接着，一切又恢复了平静。看样子对方是离开了，妈妈再次独自待在客厅里。

我们听见有人在屋内痛哭，让跟着哭了起来。我拍拍他的背，小声唱歌哄他。他拼命舔着嘴唇——因为肚子饿了。爸爸带我们到客厅，喂他吃剩下的燕麦粥，他狼吞虎咽地咀嚼着已经变凉的食物。"我早上是不是让你吃光碗里的食物？"爸爸说，"你们这些孩子就是会惹麻烦！"他从冰箱里拿出一些面包和牛奶给我，我用面包蘸着牛奶囫囵吞下了肚。

远方传来暴民的呼喊声，听起来像是朝我们家而来。爸爸走到窗边。又出现另一个人的哭泣声。接着，是第三个、第四个、第五个人的哭泣声，那像是孩子的声音，因为听起来跟我的好友海伦很像。在我开口说话之前，爸爸率先打破沉默："香吉，别去想那个特瓦族女孩。"海伦跟我是同桌，她是班上最聪明的学生。下课时，我们俩经常在运动场一块儿跳绳。她个子娇小，头发很多，额头像猴子那样平坦，大部分特瓦族人都是如此。他们称得上是少数民族。爸妈常说他们爱好和平，全世界都在谈论我们国家时，他们总是被忽略。

海伦是个孤儿，因为去年巫师在她爸妈身上下了咒。安裴莉小姐说巫师将符咒扔在他们家屋顶上，诅咒他们夫妻俩得艾滋病。海伦的学费现在都是我爸爸替她缴的，我们上同一门教义问答课，爸爸答应，我们初领圣体后要给我们办个庆祝会。马丁神父组织了一个社区服务活动，海伦得了班上第一名，我则是第二名。我们替社区的老人们打水，神父说如果你是胡图族，就该替图西族或是特瓦族人提水桶；倘若你是图西族，你要替胡图族或是特瓦族人提水桶；如果你是特瓦族，你要替另外两个族的人提水桶。身兼图西族与胡图族双重身份，我拿着我的小水桶，替所有人打水。

"我们不能让她进来，"爸爸耸耸肩说，"这场危机怎么会牵扯上特瓦族人？"

突然，妈妈再次推开抵住大门的桌子，打开门锁。不过她并未开门，只是靠在门边。更多抽泣声宛如鞭子一般划破天际。远方传来枪响。爸爸颤抖着双手走向妈妈，他将门上了锁，带她到沙发上坐下，然后重新用桌子抵住门。

妈妈突然间起身，从衣服里拿出一大沓卷起的钞票——我这辈子都还没见过这么多钱。钞票叠在一起，湿漉漉的，好像她整晚都握着这沓钞票。"这些钱或许够用一段时间，"说完她把钱交给爸爸，"我希望银行赶快恢复营业。"他并没有去碰那笔钱。"这钱是给孩子的。"她说完，把钱放在桌上。

我对爸爸说："我们得把钱还给安德烈叔叔。"

妈妈大声咒骂，打断我："女儿，你住嘴！想找死啊！"

她的嘴唇像是得了疟疾似的发颤。爸爸从裤子后面的口袋里取出身份证，一脸厌烦地想着事情。他顺手从口袋里取出妈妈的身份证，然后将两张身份证叠好，撕个粉碎，好像五彩碎纸。他将碎片扔到桌上，回到窗户边，处于防御位置。接着他又走回桌旁，拾起难以恢复原状的碎片，全塞进了口袋。

夜幕降临。妈妈身体僵直地穿过客厅，跪在祭坛前面，爸爸跟她说话她都没有搭理。他走过去轻抚她，她哭了起来。

"在香吉的十字架见证之下，"妈妈起身说，"答应我，你不会背叛那些为了安全投奔我们的族人。"

他点点头："我答应……"

妈妈缓缓取下手上的金戒指，交给爸爸。

"卖了这个戒指，好好照顾自己和孩子。"

爸爸往后一退，闭上眼睛。等他再度睁开眼睛时，他的眼睛就像是雨天一样布满了乌云。妈妈走到我身边，把钱交到我的手中，上头摆着金戒指。

"不要离开我们，妈妈！爸爸爱你！"

"我知道，莫妮卡，我知道。"

"这件事跟你昨天晚上出去有关吗？"

"不！昨天晚上我没有出门！"她说。我将一切交给上天，跪在爸爸跟前恳求他看在爱我的分儿上，原谅说谎的妈妈。他转过身去，我又走回沙发。"你爸爸是个好人。"妈妈抱着我说。

我把让推向妈妈，她却不愿看她的儿子。我突然想起马丁神父，于是恳求妈妈等神父从比利时回来后，替两人重修旧好。"如果你向马丁神父忏悔，耶稣会原谅你犯下的罪。"我说。

有人轻敲了几下门。妈妈突然坐起身，把让当成毒蝎般一把推开。有人在门外轻声哭泣。妈妈走过爸爸身旁，推开门边的桌子，打开了门。是海伦。她整个人趴在我家门前的台阶上，妈妈迅速将她带进屋内，爸爸赶紧锁上门。

海伦浑身是血，一路爬着过来，身上沾满了尘土。她的右脚被绳子绑住，就像是用鞋带系在晒衣绳上的鞋子一样。爸爸拿毛巾包住她的脚，毛巾迅速被血染红了一片。我握住她的手，她的手冰凉且湿黏。

"你不会有事的，海伦。"我对她说，她显得十分虚弱。

"不！不！"妈妈大声呼喊着，紧紧抱住海伦虚弱的身体，"莫妮卡，你的朋友不会有事！"

我听见暴民朝我们走来，不过爸妈关心的却是海伦的状况。爸爸踩着椅子爬到桌上，打开其中一格天花板，然后让妈妈将海伦抱过去。

"你还记得天花板已经塞满了吧！"妈妈说，"我回来时，那儿已经塞了五个人……几个钟头前，我才塞进两个人。天花板快塌了！"

于是他们将海伦带到我的房间，妈妈打开其中一格天花板，落下漫天灰尘。他们将海伦藏在里头。

此时我才恍然大悟，爸妈把人藏在我们家的天花板内。妈妈昨天晚上也躲在里面，她骗了我。今天，谁都没有跟我说实话。明天我要提醒他们说谎有罪。

　　等到暴民一路叫嚣着接近我们家时，躲在天花板里的人才开始祈祷。我认出这些声音来自住在附近的图西族人和教区居民。爸爸开门时，躲着的人不敢发出任何声音。这群闯入者人数比昨天晚上还多，如潮水般涌入我们家。他们一脸倦容，却像醉酒的人那样哼着歌。他们的武器、手、鞋子和衣服上全都沾满血，掌心湿黏——突然间我们家闻起来像个屠宰场。我见到那个侵犯我的男子，他那件黄色长裤如今成了红棕色。他紧盯着我，我紧紧抓着高高抬起头的爸爸。

　　妈妈冲进卧室。四名大汉架住安德烈叔叔，他看上去依旧是一副要杀光我们全家的模样。我跟着妈妈冲进房间，和她一起坐在床沿。没多久，暴民也跟着冲进来，爸爸被他们架了进来。他们交给爸爸一把大刀，他开始浑身颤抖，不断眨着眼睛。一名男子把我从妈妈身边拉开，把我推向瑟缩在墙角的让。爸爸站在妈妈跟前，手里握着一把刀。

　　"族人们，"他含混不清地说道，"这事让其他人来做吧，我求你们！"

　　"不，得由你亲手处置，叛徒！"安德烈叔叔大声咆哮着，不顾他人的阻止，拼命挣扎。"昨天我杀了安妮特时，你也在场。我的妻子有孕在身，你也保不住你的妻子！昨天我们找上门时，你躲到哪儿去了？你比我更爱自己的家人，对吧？"

　　"要是我们替你杀了你妻子，"巫师开口说道，"就得连你跟孩子也一并杀掉！"他重击手里的手杖，"另外，除掉我们这片土地上的图西族人后，你的孩子得跟我们一块儿走。我们要保持血统纯正，没人能够稀释我们身上流的血。连上帝都办不到，更别说通婚！"

安德烈叔叔突然朝我大喊："香吉，你爸爸究竟藏了多少图西族人……"

"我的丈夫，像个男子汉一样！"妈妈低下头，打断对方的话。

"香吉，回答呀！"有人大喊。一群胡图族人开始窃窃私语，失去了耐心。

"我的丈夫，你不是答应过我吗？"

爸爸用大刀使劲砍下了妈妈的头。她的声音哽住，摔下床铺，背贴着木头地板。一切宛如一场梦。大刀从爸爸手中滑落，他闭上眼睛，表情平静，身体却不停地颤抖。

妈妈整个人平躺在地板上，踢着腿，无法呼吸的胸部剧烈起伏着。到处都是血，她周围人的身上全都血迹斑斑，妈妈看在眼里。她透过这片血望着我们，望着爸爸成了巫师，看着他的族人灌输给他邪恶的观念。血从她的眼皮底下流下，妈妈流着鲜红色的眼泪。我吓得屁滚尿流，尿液顺着我的两腿朝那摊血流过去。接着，血迹的范围逐渐扩大，漫延到我的脚边，我的双脚沾满了鲜血。爸爸慢慢睁开眼睛，他拉长了呼吸，缓缓吐着气。他颤抖着双手，弯下腰去替妈妈合上眼皮。

"如果你敢让任何一个图西族人活命，"众人警告他，"你就死定了！"接着，一行人准备离开，其中有人还拍拍他的背。安德烈叔叔此时平静了许多，他一手轻抚脸上的山羊胡，一手用力拉扯爸爸的衣袖。爸爸抽起白色床单，盖在妈妈身上，然后头也不回地与这群暴民一起离开了。离去前，他没有看我和让一眼。妈妈的戒指和钱跟随众人消失了。

我与躲藏在天花板上的人一块儿放声大哭，直到声音嘶哑、口干舌燥。从此，再也没人叫我香吉了。我只想永远坐在这里陪着妈妈，却又急于逃离这里。有时，我觉得妈妈不过是睡着了，她其实是抱着盖着床单的海伦，地面的血是从海伦身上流出来的。我不想唤醒她俩，思绪一片混乱，我不知如何是好。一切开始倒转，我见到鲜血流回妈妈的身体，她倒卧在地，倒地前一秒钟还坐在床沿上。我见到爸爸的大刀远离她的头，听见她说"我答应你"。

"是啊，妈妈，"我说，"你答应过我！"

我的尖叫声吓坏了让，他在那摊血水中到处踩踏，仿佛在玩泥巴。

我把妈妈当成躲在天花板中的一人，出于安全的考虑，她暂时还无法下来。她静静地躺在上头，紧抓住屋沿，就像昨天晚上她见到那个身穿黄色长裤的男子对我施暴时那样，得克制住内心的激动，等候适当时机才能跟我一起痛哭。我觉得安德烈叔叔一定是把安妮特姊姊藏在天花板上，然后欺骗所有人说他杀死了妻子。我依稀见到她脸朝上平躺在木头桁梁上，肚子隆起，跟我躺在家中那株低矮的杧果树枝丫旁，试着清点果实数量般保持同样的姿势。不久，安德烈叔叔会轻轻带她走下天花板。在妻子顺利产下一子后，他会用比利时人的方式亲吻妻子的嘴。

让拉扯着妈妈的衣服，试图唤醒她。他扳直她的手指，手指头却缓缓缩回去，就像是妈妈在逗着他玩。他试着将妈妈裂成两半的头颅拼凑回去，却办不到。他把小手伸进妈妈的发丝里搓揉，黏糊糊的血宛如红色洗发液。当躲藏在天花板内的人轻声哭泣时，弟弟把沾了血的手在妈妈的衣服上擦拭干净，然后，走到外头，咯咯地笑。

我在每个房间里游走，倾听天花板里是否传来妈妈熟悉的声音。当一切归于平静时，妈妈的形象已充满我的心中。

"原谅我，莫妮卡。"客厅天花板传来泰蕾兹女士的声音。

"我们会照顾你跟让……让。"卧室的天花板传来泰蕾兹女士的丈夫结结巴巴的声音，"你的爸妈是好人，莫妮卡。我们会替你缴学费，你们俩现在归我们养育。"

"把这死人移开啊，"走廊天花板上方的马丁婆婆发着牢骚，"她死啦，这人已经死了！"

"耐心点，"她身边的人对她说，"我们会在尸体毁灭之前小心安葬死者。"

有些人赞美上帝，因为我爸妈的结合拯救了他们。马丁婆婆变得歇斯底里，强迫其他人重新调整他们在走廊天花板的位置。我试着分辨每个说话声，却怎么也听不见妈妈的声音。她为何不再跟我说话？

她为何不命令我去冲个澡？

在嬉戏、气恼与恐惧之中，妈妈从前跟我说过的话如今一股脑涌现出来——命令的口吻、轻柔的摇篮曲，还有妈妈亲吻我的脸颊所发出的声音。或许至今她依旧在保护着我。她总有办法做到，我知道，就像她要求爸爸不准跟我说他已经准备要击碎她的头。"我在等妈妈。"我对躲藏在天花板上的人说。

"她不在了，莫妮卡。"

"不对，不对，我知道她在天花板上面。"

"在哪里？"

"别骗我了！快让妈妈跟我说话呀！"

客厅天花板上方发出嘎吱嘎吱的声响，天花板的中间部分开始塌陷，泰蕾兹女士笑得像个喝醉的人："你说得对，莫妮卡。我们在跟你开玩笑。聪明的女孩，没错，你妈妈人在这里，但是你得去外头把让抱回来，她才愿意下来。她睡了好一阵子呢。"

"好的，女士，"我说，"麻烦你叫醒她。"

"她听得见你。"厨房上方天花板的皮埃尔·恩萨比马纳先生突然开口道。这期间，他始终保持沉默。他的声音有安抚人心的作用，于是我朝厨房走过去，眼睛盯着天花板。有人开始发出一连串刺耳的、快速的祈祷声。这不是妈妈的声音。她总是不疾不徐地说出祈祷词。

"你难道希望妈妈从天花板上掉下来，落在你身上？"皮埃尔先生说。

"不希望。"

"那么，小姑娘，离开这所房子，别再回来！"

祭坛上方的天花板开始从墙面裂开，躲在里面的人们宛如巨型蜥蜴，迅速爬往另一边。我拾起破损的十字架，立刻奔向屋外。

外头遍地尸体，他们身上的衣物在风中摇摆。被血浸染的土地上，生长的草一动也不动。秃鹰用长喙啄食死尸。让正顽皮地驱赶这群禽鸟，他跺着脚，挥舞着小手臂，双手因为试图扶起尸体而沾满了血。他的小脸上不再有笑容，两只眼睛睁得好大，小小的额头眉头紧蹙。

接着，他朝街角的联合国部队走去，军人手上的来复枪在暮色中闪闪发光。他们正准备离去，仿佛是些幻影。一群秃鹰跟在让的身后。我朝这群大鸟咆哮，它们却不断纠缠着他，好像一群固执不愿离去的蚊子。让什么都没听见。他跌坐在地，踢着两条小腿，号啕大哭，因为那群士兵不愿等他。我在弟弟面前蹲下身，要他爬到我背上，他爬上来，停止了哭泣。

我们拖着疲惫不堪的身躯向寒冷的夜色中走去，顺着石子路爬上山。渗入我们衣服的血渍已经变干，就像给衣服上了浆一样。一小群暴民正朝我们走来。亨利先生也在其中。他手中拿着一支大火炬，熊熊火光大口吞噬着黑夜。这群人是妈妈这一方的族人，所有人都身穿军服，宛如足球迷俱乐部会员。他们喊着口号，发誓杀死爸爸这一边的人。有些人手里拿着枪。既然爸爸没有饶妈妈一命，妈妈这一边的亲戚就不会饶过我或是弟弟一命吧！

　　我背着让躲进草丛，一只手抓着十字架，另一只手遮住眼睛，以防被高高的杂草和树枝刺伤。我双脚冰冷，脚踩着荆棘。让紧靠着我，他的小脸蛋贴紧了我的背。"妈妈说别怕。"我对弟弟说。接着我们姐弟俩躺在十字架上，盖住它的光芒。我们想要活下去，我们不想死。我得坚强。

　　等这群人从我们身边走过之后，我回到路上回头张望。他们拖住妈妈的两腿，把她拉出屋外，接着放火烧了房子。等躲在天花板的与他们同族的图西族人纷纷发出尖叫时，火势已经一发不可收拾。他们继续赶路，追逐爸爸这一方的族人。我跟弟弟则继续向前走。

　　四周一片漆黑，风吹散覆盖在天际宛如毛毯一般的乌云。弟弟把玩着发光的十字架，咿咿呀呀地唤着妈妈的名字。

为了到加蓬，要吃胖点

Fattening for Gabon

卖掉你自己的孩子或是侄儿要比卖掉别人的孩子难多了。因为你要保持冷静……

　　卖掉你自己的孩子或是侄儿要比卖掉别人的孩子难多了。因为你要保持冷静，或是跟巴达格里萨米移民局的人一样铁石心肠。如果办不到这点，那么你会给家人惹来麻烦。葛皮叔叔将打算卖掉我们兄妹的事瞒了家人整整三个月，不知是出于他身为边境阿哥贝洛[①]的幽默感，还是身为走私犯的天性。妹妹伊娃当时五岁，我十岁。

　　葛皮叔叔是个勤劳的小个子，计划将我们卖至加蓬前，他从事脚夫的工作——替那些没有申请文件的人穿越边境，以此为生，或干脆敲诈勒索对方一笔。热风季的时候，他会沿着海岸一带，在多个开垦地替人采收椰子。多年来，他遭遇过许多不幸的意外，诸如从椰子树上摔落，或在边境发生零星的打架事件，不过他向来乐观地看待一切。他笑看所有事，一部分原因是在他刚开始从事阿哥贝洛这行时，在某次打斗中脸上留下了一道疤痕。这道疤痕顺着他的左脸颊而下，停在

---

① 原文为 agbero，指在街上游荡的暴徒或敲诈者。

上唇。隆起的疤痕表面光滑，却拉扯着皮肤，影响嘴唇闭合。尽管叔叔用胡子遮掩，但疤痕依旧跟圣诞树上的灯泡一样醒目。他的左眼看上去比右眼大，是因为疤痕扯开了左眼的下眼睑。因此，有些人叫他"微笑葛皮"。

葛皮叔叔那个月买了辆"南方"牌蓝银双色 125cc 摩托车，可以说是他买的最后一件贵重物品。我们的生活质量因此有了很大改善，前往加蓬的计划也越来越积极地实行。他打算利用这辆摩托车载人们往返于贝宁与尼日利亚边境之间，以此增加收入。

我永远也忘不了那个多风的星期二傍晚，一个瘦而结实的人骑着一辆崭新的摩托车，载着叔叔返回我们这栋面向大海的两居室。我那时正在屋内烹煮阿巴卡利基[①] 米，看见他们，我便冲到前门迎接葛皮叔叔。他的笑声比摩托车的引擎声还要响亮。我们家的房子和繁忙的泥土道路有段距离，由一条窄小的沙石路连接。房屋四周的沙石路两端连接了树薯田，在高耸、浓密的灌木丛之间形成低矮的屏障，田野周围种植了香蕉与芭蕉，我们住的地方就位于其中。最近的邻居与我们距离约有半公里。

我赤裸着上半身，光着脚丫，下半身穿着叔叔给我买的卡其色短裤，两只脚因为踢足球而沾满了泥沙。在他们骑着新摩托车回来的时候，伊娃在屋前的杧果树下堆着沙堡。

---

① 阿巴卡利基（Abakaliki），位于尼日利亚南部的城市。

"'微笑葛皮'啊，怎么只有两个孩子在家？"那名载着叔叔回家的男子大声嚷嚷，看样子有些失望，"不会吧！其他人呢？"

"噢，不，大个子，你会见到其他孩子的……还多着呢，"叔叔说完，笑声从变形的嘴唇进出，接着他转过身来看着我们，"孩子们，嘿，怎么没跟大个子打声招呼？"

"晚上好，先生！"我们趴在地上向他问好。

男子背过身去不理我们，一双大眼睛骨碌碌地盯着马路，窄窄的额头上布满皱纹。他的鼻子小而挺，头发剃得很短，高耸的颧骨下方留着稀疏的胡子；大个子下半身穿着紧身牛仔裤、凉鞋，上半身套了一件宽大的灰色灯芯绒衬衫，衬衫披挂在他瘦骨嶙峋的身上，风一吹，宛如船帆。倘若不是他的身高令他看上去威风凛凛，他与边境其他的阿哥贝洛没什么两样。

"我们进屋里去谈，"叔叔恳求他，"坐下来谈，喝点东西。想喝喜力、星牌、健力士，还是哪种啤酒？"说完，转过身来对我说："柯奇帕，去给客人倒饮料。"

"……不用了！"大个子连忙拒绝，语气坚定，他的声音伴随着远方的海浪声，几乎让人听不见。除了请对方喝饮料外，我们根本不清楚他们的谈话内容，反正我们一点儿也不在乎。有个身为阿哥贝洛的叔叔，我们已经习惯人们在任何时刻以各种理由前来叨扰他。我们也清楚地知道对待眼前这名男子的刁难，他会以笑声一带而过。

"我们说好是五个，不是两个，"大个子开口说道，他在叔叔面前挥舞着手指头，其中有些指甲早已掉落，"其他孩子呢？"

叔叔刻意不去理会对方在比画什么："你知道我已经跟你们的人商量好了吗？"

"什么人？"大个子口气恶劣。

"你的主子。"葛皮叔叔回答。

"你该直接找我谈才对！"

"别这样，拜托，我们先庆祝再说吧……放轻松。"

"不，我严肃地告诉你，你只能找我谈！"

"你？你要我招子放亮点？"

"我不想吓唬你或是有意隐瞒。我们都是这样办事的……我警告你。难道你想玩火？"

"双方都已经达成协议了。"叔叔安慰他，"别怕，不会有事的。"

大个子耸耸肩膀，查看房子四周，眼神与那些被骗往边界的旅游者一样狐疑。他十分不屑地瞧了我跟妹妹一眼，然后移开视线。远方，金黄色的太阳光穿透椰子树的大片树叶，椰子树丛守卫着另一头的大西洋——那一大片能够带我们前往远方的海洋。海浪涌动着，卷起灰色的泡沫，似乎在抗拒着太阳光的抚触；从大海的方向望向内陆，椰子树影随风摇摆。海面上掠过轻柔的风，无止境地朝内陆吹拂。

"大个子，你冷静点！看着我……你担心过度了。"

大个子耸耸肩膀说："不，大个子一点儿也不担心，该担心的人是你。"

我们都看得出来大个子显得很失望。他用力噘着嘴，我们甚至见到他张大了鼻孔并且尽力控制住怒火。正如我刚才所言，我无须担忧，叔叔处理过比眼前更加棘手的状况，我相信他能够安抚这名男子的情绪。

"你看这房子怎么样？"葛皮叔叔指着我们的房子说。

"什么怎么样？"大个子根本看不上这栋房子，尽管叔叔不断怂恿他。

房子的铁皮屋顶都已经生锈，两个房间也都没有安装天花板，泥巴糊成的墙面抹上了一层灰泥。就算大个子不愿进屋坐下来谈，叔叔也会邀请他坐在门前的狭窄阳台商讨事情，那儿有小土堆可以坐着，而屋檐则由椰子树干做成的梁柱支撑。

"这房子你还满意吗？"叔叔问。

"目前看来，你的房子还凑合，"大个子说，"我先告辞了。"

"你瞧瞧，"叔叔笑着对他说，"至少，房子这件事我还应付得来。"

"呃，我们将来会再盖一栋比这还……大的房子。"

"……事情自然能解决。"

大个子准备离开，眼里依旧流露出失望的神情。

"当然了，只有命丧黄泉的死人才可能亏欠我们。"他说，"只有死人。"

"我想不会有人丧命……嗯，就像安南族人①常说的：'好死不

---

① 安南族人（Annang people），尼日利亚东南部民族。

挡路，杀人者不会永远苟活。'"叔叔笑着叫住他，"明天见，顺便代我向你的家人问好。"

大个子离开后，我们不知如何处置这辆摩托车。大伙儿安静地围着它，仿佛它是失散已久的亲人。葛皮叔叔望着我们，感觉像是给我们出了一个谜语，想知道我们对这件事的反应。

"南方！"伊娃大喊。

"这辆车归谁？"我倒抽一口气。

"大家的。"叔叔笑着说，"我们终于有摩托车了！"

"我们？摩托车？"我说。

"没错，柯奇帕，我的孩子。"

伊娃静静绕着摩托车打转，貌似祭坛里的巫毒女祭司，她伸长了手却不敢碰触摩托车，棕色双眸在瘦削的脸庞上睁得大大的。摩托车仿佛具备了某种灵气，令她目不转睛，不敢眨眼。她留着一头像小男孩般的短发，身上只穿了件粉红色内裤，肚子鼓起来。她两腿微微向前一跨，双脚沾满了泥巴。我两只手因为拿了煤炭生火而变得脏兮兮的。在烹煮米饭的过程中，为了确保锅不会掉落在石头堆成的三角灶中，我紧握双手，掌心出汗。我不敢伸手触摸摩托车，也没在卡其色裤子上把手擦拭干净，只是用手指不断摩擦我的掌心。

"我们属于你，"伊娃小声对着摩托车唱道，"你属于我们，我们属于你。"

"没错，孩子。"叔叔望着困惑的我们笑着说，"这是上帝对于我们坚定的信仰所做的回馈……我们就要发财啦，哈哈！"

叔叔声音里流露出的喜悦之情令伊娃停了下来。她先是看看我的脸，然后望着叔叔，仿佛我们两人在联合起来骗她。葛皮叔叔打开他的旅行皮箱——他每天都会带到边界的这只皮箱，拿出科托努城开出的摩托车购买发票。我们开心极了。我鼓掌叫好，却遭叔叔制止，他笑称自己没多余的饮料宴请被我们吸引前来看热闹的人。我立刻分开两手，掌心对着掌心，好似两个相反的磁极。我想要拍手的欲望被叔叔给拦下了，不过内心却涌现一股幸福感。我立刻冲进屋内洗手，穿上衬衫和拖鞋，仿佛有贵客临门。出去时，我见到叔叔打开房门，将摩托车推进卧室兼客厅的室内。他点着煤油灯，把它放在通往房间的门边。煤油灯的光晕投射在"南方"牌摩托车的燃油箱上，照亮这辆双色摩托车，宛如落日余晖闪耀在大西洋海面上。

为了锁住前门，叔叔从床底下拿出一片木板来固定金属扣环。为了测试锁头是否耐用，他用左肩顶住门闩，再小心翼翼地放上全身的重量，然后喘口气、点点头，心满意足地看着这辆摩托车。

"我们得为这房子添购一扇新门板。"葛皮叔叔说。

"还有窗户。"伊娃脱口而出，她的注意力依旧被这辆"南方"牌摩托车所吸引，仿佛窗子也是车子的一部分。

"没问题。"他说，接着将两扇门板上的方形木头小窗也上了锁，"告诉你们，我们把所有东西都更新好啦！"

　　屋里两个房间内各有一张弹簧床，房子中央有张低矮的木头桌子。我和伊娃睡在其中一张床上，叔叔自己睡在另一张床上。我们的衣服全都放在纸箱内，塞在床铺底下，不过叔叔有些较为喜爱的衣服则挂在屋内一角，悬吊在用两条绳索固定于屋檐的竹竿上。由于房间过于狭小，摩托车前轮与车把嵌进临时衣橱里，好像牛在草地上埋头吃草，一眼望去看不见它的头。傍晚时，我们抬头仰望屋顶，不管煤油灯的光线有多么明亮，生了锈的铁皮屋顶看上去还是像片棕色的云。天气炎热时，我们甚至会听见屋顶因热胀冷缩而发出的声响。

　　这辆摩托车吸引着我们的目光。我俩看得目瞪口呆，鼻腔呼吸着"南方"牌摩托车的气味。叔叔连着两次对我大吼，要我小心点，拿着煤油灯时别太靠近摩托车。摩托车的崭新气味掩盖了屋内令人感到窒息的味道。伊娃拉扯着套在坐垫、照明灯上和挡泥板外面的塑料袋，叔叔让她别拆。

　　"我有东西给你们。"叔叔试着安抚我们的情绪。他爬上床，把手伸到行李箱内，从里面拿出花生糖和融化了的太妃糖，我们连着包装纸一起咀嚼口中的糖果。那天晚上，叔叔并未告诉我们他为什么笑得比我们开怀，不过却拿出一瓶尼亚芭乐汁倒给我们喝。"嘿，我们来庆祝吧，"葛皮叔叔说，"感谢上帝！"

　　"荣耀上帝之名！"我们齐声说道。

　　他举高了杯子说："呃，我们再也不要过穷苦日子啦……敬'南方'牌摩托车！"

"干杯！"我们只敢轻触杯缘。

我们已经好久没有喝果汁了，伊娃一口饮尽杯中的饮料，由于抬起杯子的速度太快，果汁顺着她两边的脸颊滑落至肚皮，像是两道浓稠的红色泪水。我喝了一口饮料便停了下来，想留着晚餐时再喝，于是把杯子放在煤油灯台和墙面之间的安全地带。

那天晚上的兴奋感一直持续到用餐时间，我们享用着阿巴卡利基米、炖洋葱、牛皮以及棕榈油，丝毫不在意米饭里的小石子。通常不管我如何尽力去淘米，都无法完全去除那些小石子。然而此刻，就算偶尔咬到石头，我们也仅仅是止住咀嚼的动作，喝口饮料，混着嚼了一半的食物吞下肚。之前葛皮叔叔每次咬到小石头都免不了臭骂我一顿，不过今晚他却没骂人，我们忙着庆祝"南方"牌摩托车进驻这个家。由于我慢条斯理地喝着杯中的饮料，那天晚上就算吃进再多的沙石我都能够忍受。

等到饮料剩下最后一口的时候，我不再继续喝了，而是将它摆在一旁，然后灌下大量白开水，直到肚子饱胀。食物里的棕榈油染黄了我的嘴唇。我一直等到最后一刻才喝光剩余的果汁，如此一来，直到上床睡觉前果汁的味道都能够持续留在嘴里不散。

"柯奇帕，孩子，动作快点，快为'南方'牌摩托车准备好停放的房间！"晚餐后，葛皮叔叔对我说。

"遵命，葛皮叔叔。"我回答。

"让'南方'停在这里就好啦！"伊娃恳求道，她依旧高兴得手舞足蹈。

"噢，不行，乖女孩。"叔叔说，"'南方'要停在隔壁房间。"

"那么我也要跟'南方'一块儿在里面的房间睡觉。"伊娃低着头说，一副伤心的模样。

"我说过了不行，伊娃。"叔叔态度坚定，试图转移话题，"我给你买了三本新课本，你的老师一定会很开心吧？"

"我不要新课本。"伊娃任性地说道。

"你不要新课本、粉蜡笔和铅笔吗？"

她摇摇头："我只想跟'南方'一起睡觉……"

"不行！"葛皮叔叔大声斥责她。

伊娃坐在地上抗议，眼睛直盯着摩托车，她的身体背对着我们。叔叔走过去，蹲在她身后，抚着她的肩膀，她却拱起肩膀并试图甩开他的手。

"哎呀，我的好伊娃，我的好伊娃。"他尝试哄她，"你得学着怎么写字，将来才能当一名教授啊！"

"我才不要！"伊娃用力摇着头说，仿佛鼻孔内钻进了一只虫子。伊娃固执得很，一旦下定决心便开始耍性子不说话。

"你不会想跟我一样当个脚夫或走私犯吧？"

"别理我！"

叔叔想在她的杯里多倒些果汁，她却不领情。

"你今天怎么不乖呢？"他说，"呃，柯奇帕可不能代替你认字读书，每个人都得去上学，受教育跟投票一样都是义务。"

伊娃依旧沉默不语。

"伊娃还像个孩子一样！"我试着逗她，"爱哭鬼！"

"走开！"

"我给你买双新凉鞋上学穿。"叔叔连哄带骗，她依旧赖在地上，叔叔也只好起身，耸耸肩膀，坐在床沿看着我，"柯奇帕，我给你买两本课本和练习簿好吗？"

"给我买课本？"我兴奋得大喊，"什么时候？"

"明天。这样你就不必跟别人借书去上学了。喜欢读书的话，你每天晚上都有课本可以读。"

"谢谢你，葛皮叔叔。"我说完，望着崭新的摩托车，仿佛托了它的福，我才能拥有上学的必需品。

"孩子，你们要是不多读点书，就会跟我一样，和这座动荡不安的城市一块儿腐朽。不，我敢说你们将来会有钱。我甚至打包票你们会跟那些政客与领袖的孩子一样有成就，安全无忧地出国念书。"他停顿了一会儿，然后迅速望着伊娃，"嘿，我的好孩子，当不成教授也不要紧。你想当个事业版图横跨海外的女强人对吧？总之，你将来跨海到加蓬的机会就跟去洗手间一般频繁。"他捻着手指头，指着海的方向说。

"你载我们坐'南方'好不好？"伊娃突然开口，口吻依旧任性。

既然不能跟"南方"睡在同一个房间，她只得想出这个主意。

"这简单，有何不可？"叔叔说完给她倒了果汁喝，"就这样？"

"对，请你骑摩托车载我们兜兜风！"伊娃说完转过身去，她得抑制住想笑的冲动，假装自己还在气头上才能占上风。

"噢，不，我是个负责任的男人。"葛皮叔叔轻声说道，脸上漾着开怀的笑。他脸上挤出的皱纹舒缓了绷紧的左眼，令他脸颊上的疤痕显得十分不自然，"我还不会骑摩托车，怎么可以冒险载你们兜风呢？给我一些时间……到时候你们想去哪儿都行……喝果汁吧……喝吧。"

"我们去布拉费！探望爸妈！"我说。

妹妹的嘴迅速移开杯缘，咽下嘴里的饮料，几乎喘不过气来，她说道："对，对，去布拉费……布拉费！"

"没问题！"叔叔打包票说。

"明天就去！"伊娃说。

"那可不行……不可能！"

"大个子可以载我们去。"我说。

叔叔摇摇头："噢，不行，你们想丢我的脸吗？孩子！我还不会骑摩托车，怎么载你们到布拉费？相信我，不会等太久的，我学得很快……况且现在还没存到足够的钱去布拉费。"

"爸妈见到我们还有'南方'一定会很开心。"伊娃说完起身跟我一起坐在床边。

"爷爷会一直跟你握手，奶奶还会高兴得跳舞哦！"我说，"我们星期一就动身出发吧。"

"柯奇帕，你刚刚说星期一吗？"葛皮叔叔难以置信地说道，"不行，星期一我得先去学校缴学费……上学比玩乐更重要，孩子，对不对？"

"没错，叔叔！"我回答完，望着妹妹的脸庞，她一脸幸福的表情，嘴里开始叨念起村子里的家人。

自从我们搬来跟叔叔一块儿住之后，已经有一年半的时间没跟家人见面了。爸爸身材矮胖，总是一脸严肃，卧病在床。奶奶一人扛起照料家里的责任，但她动不动就哭。家中的靠山是妈妈，她精力旺盛，脸上总带着笑容。不过近来她消瘦不少，整个人憔悴了许多，走到田里前必须在路边的树下休息两三次才行。不论我们怎么问，似乎没人愿意透露家乡父母的身体状况。亲戚们噤声不语，仿佛视之为家族秘密。然而，我终究在无意间偷听到爸妈罹患艾滋病的事，尽管我不明白这是什么样的病。

还记得离家前，亲戚们聚集在爸妈家中的客厅为我们送行，爸妈嘱咐我和妹妹要听葛皮叔叔的话，懂得知恩图报，别丢他们的脸，别让边界镇上的人们看不起他们。大伙儿说叔叔会身兼父母的职责照顾好我们，我得做好哥哥的榜样给妹妹看，不惜一切代价维护家族的名誉。我答应所有人会乖乖听话。叔叔说他很乐意照顾兄长的孩子，还答应在时间与金钱允许的情况下带我们回村子，探望爸妈与哥哥姐姐——艾辛、艾萨和伊都苏。爷爷身为三代同堂的族长，在我们一早起程踏上格拉祖埃科托努路之前，为我们祈祷。奶奶站在爷爷身边默默地流着眼泪，爷爷则转过身去面对着墙哭。我清楚地记得搭乘的巴士转个弯往南边驶去时，兄弟与亲戚们向我们挥手道别的情景。

每当我们向叔叔打探爸妈的病情时，他总说他俩正逐渐康复，说爸妈很期望见到我们。我们已经习惯新家的生活，即便很快就能回家探望他们，但眼前更重要的是在学校用功念书。"南方"牌摩托车进驻新家的那一天，我在兴奋之余已经想到，要是我们骑着摩托车返乡，家人见到了会有多开心，村里每个人都能见到在外地打拼的游子骑了一台比风头自行车还酷的新型摩托车衣锦还乡的情景。等我们一跳下摩托车，艾辛、艾萨和伊都苏肯定会吵着要骑它兜风。我能想象妈妈和阿姨们忙着烹煮甜瓜汤、玉米点心还有一大堆捣碎的山芋的情景。爸爸和他其他的兄弟则会确定酒类饮料不虞匮乏。我好期待能够见到好朋友和表兄妹，告诉他们海边有多漂亮以及边境发生的麻烦事。或许大伙儿会安排一场足球赛，让家族里的男孩儿与邻村的孩子较量一番。

葛皮叔叔从床底下拿出一个袋子，像抱小孩一样放在膝上，他没有看那个袋子，只是去触摸袋子里的东西，最后才从里头拿出一个陈旧的绿色四角瓶，瓶内装了一半的杜松子酒。他晃晃酒瓶，打开瓶盖，酒精的浓烈气味短暂遮掩了崭新的摩托车气味。他缓缓喝着酒，双眼由于酒精的作用闪闪发亮，原本就比较大的左眼显得更加明亮，脸颊上的疤好像一道长长的泪痕。

"求求你。"伊娃再次发出哀鸣，瞠目结舌地望着酒瓶，"今晚我想跟'南方'一起睡。只要今晚就好。"她仰起消瘦的脸庞，煤油灯的黄色光晕投射在她半边脸上，好似一轮明月。说着，眼泪顺着她发光的小脸蛋流了下来。

"想要喝点杜松子酒就明说，"葛皮叔叔说，伊娃假装没听见他说的话，"女孩，你将来一定能成为加蓬首屈一指的女强人，谈起生意来肯定毫不手软！"

"求求你嘛！"伊娃哀求他。

葛皮叔叔最后不得不投降，倒了点杜松子酒在银色的瓶盖里，让伊娃喝。伊娃吞下了酒，清了清喉咙，不断咂着嘴，之后就乖乖住嘴，轻拍着摩托车的轮辐，把它当成能够奏出美妙音符的乐器。

"快为摩托车清空房间呀，接着就轮到你喝啦。"叔叔对我说，"杜松子酒这玩意儿对'南方'有害无利！"

我走进里面那间房，里头的空间比起外面这间房要小一些，我开始着手清理杂物，准备把摩托车停放在这儿。由于最近新添购了值钱的摩托车，这间房将变成藏宝室。我拾起几包修缮屋顶的铁钉、密封圈，把它们跟堆放在远处墙边、靠近后门的二手屋顶瓦片摆在一起；另一边角落里的两个黑色大塑料桶用不着移走，而靠近窗户下方的墙边，五袋丹格特牌水泥不断漏出灰色粉末。待我开始搬动这些杂物后，屋内烟雾弥漫。我的鼻子突然感到一阵瘙痒，连打了三个喷嚏。如果打开屋内的两扇窗，或是清扫室内，卷起的灰尘肯定像沙漠吹过来的热风①般覆盖住屋内所有物品。我打开其中一扇窗，想让潮湿的海洋空气吹进来。

"不准开窗！"客厅传来叔叔斥责的声音，喝了杜松子酒的他态度不怎么好，"你想让小偷瞧见我们家价值不菲的'南方'吗？"

"对不起。"我说。

"你最好聪明点！"

我继续整理堆放食物与餐具的房间，将摆放在竹篮里的餐盘放进倒放的木质大研钵底下。长长的木杵靠在墙角，有些发黑，白色末端因为经常使用已经龟裂。我把三个空锅摞起来，小心翼翼不去碰触锅底的煤灰，避免弄脏热锅里准备作为晚餐的瓜子汤。要是一直搅拌汤头，到了明天早上肯定发酸。过了不久，叔叔一如既往谨慎地将崭新的摩托车推进屋里。这个大怪物仿佛要压垮周围的东西，它又像一个运动员一样，已经在起跑位置就位。

那天晚上，摩托车跟着我一块儿进入了梦乡——我没有选择"铃木"、"本田"或是"川崎"牌摩托车，而选择了"南方"牌摩托车。我踩着摩托车攀上椰子树，在棕榈树旁停车，并把椰奶倒进摩托车作为燃料。我甚至骑着摩托车横渡海洋，身后划出一道长长的水痕；还骑着它像直升机一样飞往远方，几次降落在爸爸位于布拉费的住处。

---

① 自撒哈拉沙漠吹向非洲西北海岸的热风饱含沙尘。

学校里的同学人人骑着一辆拉风的"南方"牌摩托车，我们骑着车玩足球，跟打马球一样。长大成人后，我依旧骑着心爱的"南方"牌摩托车，摩托车没有任何损耗，也无须修缮。在我寿终正寝那年，人们将摩托车与我安葬在一块儿，我骑着它驶向通往天堂之门，圣彼得直接放我通行。

四天里，我们看着大个子教葛皮叔叔如何骑摩托车，他俩沿着椰子树林附近的草丛练习。我们在家门前望着叔叔坐在摩托车上，他的招牌笑容令他的脸裂成两半。他就像一名演员在表演哑剧，因为海浪声完全盖过了他与摩托车发出的声响。大个子剃光的头油亮亮的，反射着太阳光线。两人似乎乐在其中，远处的地平线有船只往返波多诺伏，船上烟囱冒出的阵阵黑烟朝空中飘散。

下个星期日，我们准备去教堂，叔叔跟牧师说我们将共度第一个感恩节，这是有钱人家每逢周日都会庆祝的日子。

天一亮，葛皮叔叔便起床将"南方"推往屋后，停在我们洗澡的石头上。他小心翼翼拆去车上的塑料套，像是给伤口拆线般谨慎，然后将奥妙牌洗涤剂倒进水桶内不停搅拌，直到起泡为止。他轻柔地擦洗摩托车，刷轮胎，把车子搞得像是从此不碰地面似的。冲洗完"南方"之后，叔叔用我和妹妹的毛巾擦干它。轮到我们洗澡时，叔叔蹲下来给我们的脚抹上肥皂，用当地出产的海绵给我们刷脚——通常只有在重要的日子才会如此大费周章。叔叔把海绵当成了鞋刷，为我们刷洗脚底，直到两脚露出原本的肤色、脚上的裂缝不见为止。

之后，叔叔骑着摩托车载我们到教堂。他身穿一袭崭新的阿格巴达[1]，戴着一副大太阳镜，这让他的眼睛看上去像虫子一样。海风灌进了他的阿格巴达袖子里，好似变形的翅膀。这可是我们的处女之行：伊娃坐在油箱上，手里抓着《圣经》，她身穿花色洋装，头戴一顶新的篮球帽。我则穿着灯芯绒裤子和一件绿色 T 恤，挤在叔叔和两名友人之间。坐在我身后的女人，拎着一只双脚被绑起来的大公鸡。这名妇人体积庞大，她头上戴的大帽子遮在我头顶上，宛如一把五彩缤纷的雨伞。坐在末端的男子，头上顶着一个水桶，里面装有三个山芋、凤梨和橘子，还有一袋用来调制阿玛拉[2]的面粉和五个卷筒卫生纸。

接近正午时分，烈日炎炎，头顶的蓝天一片晴朗，路上挤满了赶赴教堂做礼拜的人。葛皮叔叔加速前进，不断按着喇叭、闪着车灯，好清除前方的路人——好像《圣经》里的摩西挥舞着权杖分开红海，人们纷纷往两旁站开。其中有些人朝我们挥手欢呼。我挺起了胸膛，眼里充满泪水。海风轻轻扫过我的耳垂。

我们抵达基督五旬节教会时，大个子已经在入口处等着迎接我们，像是脸上带着笑容的接待员。他修剪了胡子，穿着一袭灰色西装和平跟船鞋，看上去比平时要高，更加令人生畏。他像教堂入口处装饰的细梁柱一般，挺直身子站着。偌大的教堂是一个长方形的建筑，尚未

---

① 阿格巴达（agbada），罩在上衣与长裤之外的宽大长袍。
② 阿玛拉（amala），清洗过的山芋皮晒干后，以面粉熬制的糊状食物。

完成施工。崭新的屋顶在炙热的阳光照射下闪闪发光，不过教堂尚未装好大门与窗子，墙壁也还没糊好水泥。穿梭其中的无数脚步踩在我们所谓的"德国地板"上，礼拜者入内之后，各自在长椅上找位置坐——这里暂时用厚木板替代长椅。

叔叔将摩托车停在芭乐树下，停车前，他先伸出右脚检查地面是否足够稳固，接着掀开一大块防水布覆盖在"南方"上头，以免下雨，尽管下雨的概率微乎其微。

"噢，我的朋友，早安啊！"叔叔向大个子问候，待我们走近教堂门边，他们彼此握手寒暄。

"我跟你说过绝不会错过这次的仪式，"大个子说完将我们拉往一旁，远离大门，"我不是跟你提过顺道带其他孩子一块儿来？"

葛皮叔叔整个人僵住了。"什么孩子，大个子？"他问。

"你明知故问，'微笑葛皮'，你明知道我指哪件事。"大个子撇过头去。

然而，大个子说完话后并未显得激动或是恼怒，与那天和"南方"一块儿出现、提起期待见到五个孩子的男子判若两人。两个男人之间弥漫着一股不安的沉默。相比于教堂里川流不息的人潮，我们四人仿佛人海中的一座孤岛。

"上帝保佑你。"葛皮叔叔说完，用手肘轻推大个子，"晚点再谈这件事。"

"如果你还想见到明天的太阳！"大个子语带威胁，口气严肃。

"该死！谁要你破坏我的家庭感恩节日！"

因为叔叔提高了嗓门说话，一些人回过头来瞪了大个子一眼。两名教堂接待员在人群中往我们的方向靠拢，以为我们这里起了争执。

"开玩笑啦！"大个子说完独自笑了起来，笑声十分不自然。

"我也当你在开玩笑。"叔叔咯咯地笑着。人们也就各自散开了。

大个子立刻转过身来面对我们。他在伊娃面前蹲下，摸摸她的帽子，拉拉我们的小手。尽管他没了指甲，但他的掌心十分柔软且温暖。"瞧瞧你们，生得真漂亮！"他说。

"谢谢你，先生。"我们异口同声地回答。

"哇，叔叔待你们真好啊！"

"是的，先生。"

"拜托，我叫作大个子，只管叫我大个子就行了。"

"是的，大个子。"妹妹点点头回答。

"你呢？"大个子看着我说。

"是的，大个子……先生。"我说。

"噢，不、不。"他咂咂嘴，显然不怎么赞同，"这应该不难吧！只管叫我大个子就好了。小妹妹表现得不错哦！"他转过脸去望着伊娃说："你在班上一定很聪明！"

"是啊，大个子！"伊娃兴奋地舔着嘴角。

"不，不必担心，柯奇帕很快也能学着叫。"大个子起身时，叔叔替我说话，"给这孩子一点时间，不会有问题的……柯奇帕，对不对？"

"是的，叔叔。"我说。

"你瞧。"叔叔对大个子说完，再次与他握手，将他的阿格巴达袖子往肩膀上拉。由于笑得过于开心，叔叔嘴角与左眼皮之间的紧绷感全然消失，以至于两只眼睛看上去变得一样大。"我们现在要准备过感恩节了。一起吧。"

"有何不可？"大个子耸耸肩膀说，"我们的上帝很慷慨……他让我们过着更美好的生活。"

"是啊，族人不是常说，上帝对我们一视同仁。"叔叔说，"不论饥饿、疾病、噩运与贫穷，今天我们在天上的父会替我们驱走这些恼人的事。上帝的所作所为令撒旦觉得羞耻。"

"一个人真要是贫困无依，就该明白是因为自己有罪，应该好好检讨反省，否则上帝就会惩罚这个人。"大个子说。

我们四个人坐在教堂里的前排位置。待感恩节仪式开始，我们便朝后方走。叔叔走到外头，准备将"南方"推进教堂，两位教堂接待员帮他把摩托车抬上前门的三级台阶。

我和伊娃仿佛两名教堂侍祭，站在队伍前，一开始，我们的步伐显得害羞且兴奋，与教堂的唱诗声以及鼓声完全不协调。紧接着，葛皮叔叔态度庄重地推着摩托车出场，活脱儿像牵着婚礼中的新娘。偶尔，他蹲低身子，调整、拉扯他的阿格巴达。小号声响彻云霄，就连我们带来的公鸡发出的咕咕叫声也比不了。

等到小号声停止，后座开始有人用真假音反复放声唱诵歌曲。我转过身去瞧，见到那人原来是大个子。他跟在我们身后缓缓靠近，好像一根直抵云霄的梁柱。他的舞步十分优雅、独特：他不像叔叔会驼背，而是挺直了身子站着，身上那袭笔挺的西装仿佛不让他屈身或是胡乱摆动两腿，他像长脚蜘蛛般轻轻迈开步伐，摆动着手臂。

在他身后，一群前来祝贺的人挤满了走道，他们欢欣鼓舞，甚至还带了山芋、水果、面粉和我们从家里带来的卷筒卫生纸。热闹的典礼中，教堂接待员像雕像一般稳稳站着，手里拿着贡献篮，让我们在其中投入奈拉与塞发①。待我们一行人在教堂前方站定，身材瘦小、留着胡子的康科德·阿戴米牧师走到我们前方。他身穿一袭炭黑色西装，领带上头挂着一个大十字架项链，头顶着大鬈发。

"现在，贡献你们的所得，敬拜我们的上帝……阿门！"他的声音通过麦克风传来。

"阿门！"礼拜者齐声回应。

所有人开始掏口袋找钱。伊娃和我准备贡献二十奈拉，葛皮叔叔特地为了今天这个日子，拿钱给我们当作捐献金。叔叔说我们今天捐

---

① 尼日利亚的货币单位。

献的是二十奈拉钞票，而非一般人拿的一奈拉硬币，这是件非同小可的事。他说今天这个重大的日子不能让我们没面子。我们回过头去瞧，发现叔叔手里拿的竟是一张一百奈拉纸钞。教堂的屋顶到处都是奈拉以及塞发纸币，上百只手拿着钞票，在空中挥舞。

"高举你们的钞票，让上帝看见，"牧师说，"以耶稣之名敬拜上帝！"

"阿门！"

"我说再举高点……这是上帝献给你们的。我们必须完成这座教堂的兴建，阿门！"

"阿门！"

"别在今天诅咒自己……将荣耀贡献给上帝。这将是你们获得救赎的星期日，你们自我突破的星期日。你，那名男子，你才捐献这么一点儿钱，别破坏了上帝对你的好感。"他手指着后方的位置，所有人回过头去瞧，"如果能够多捐献一些，上帝也会保佑你拥有一辆'南方'牌摩托车。穷困来自于撒旦的诅咒……上帝已准备好打破这个诅咒。你们信仰坚定吗？"

"我们坚信上帝。"

开始有人加大钞票面额。

"还有也别坏了'微笑葛皮'的好运，多年来他一直是个虔诚的基督教徒。别让噩运降临在他的'南方'上。"

"上帝严禁此事发生！上帝严禁此事发生！"教堂内一阵呼喊。

"别坏了这两个孩子的好运！"牧师伸出手来抚摸伊娃和我，"愿上帝永远赐福于你们，愿好运永远与你们相伴，阿门！"

"阿门！"

"你们也能为邻座的人祈福，"牧师对教堂内所有人说，"你们瞧他们手里拿的是什么？"耳语声在教堂内传递开来，其中有些人嘲笑邻座的人捐献得不够多。大个子在葛皮叔叔耳边小声说话，递给他一张万元面额的塞发纸钞，换走他手上的一百奈拉纸钞，两人相视而笑。叔叔兴奋得眼眶盈满泪水。"我们的上帝是富有的上帝，并非穷苦人。"牧师说。

"阿门！"

"确保邻座之人不会将已经给上帝瞧见的捐献金收回自己的口袋里，阿门！"

"阿门！"

牧师说完向唱诗班示意，他们开始吟唱诗歌："今日上帝将赐福于某人。"

今日上帝将赐福于某人

今日上帝将赐福于某人

今日上帝将赐福于某人

今日上帝将赐福于某人

可能是我

可能是你

可能会是你身边的任何人

今日上帝将赐福于某人

今日上帝将赐福于某人

　　当所有人跟着圣歌一块儿唱和时，贡献篮传过圣坛前的栏杆，递交给助理牧师，也就是阿戴米牧师的两名妻子。她们将捐献篮摆放在圣坛后方，然后便走出来加入祈福唱诵，这两名女子身材高挑、姿态优雅，她们穿过祈祷的人群，将手放在孕妇的肚皮上，小声唱着："……孩子是上帝的恩赐。"

　　牧师走上前来为"南方"祈福时，再次要求我们高举手中的捐献金。他祈求上帝永远庇佑我们的家庭，保佑叔叔免于撒旦侵扰。当他俯身握住摩托车把手，嘴里喊着"圣灵之火"的祈福话语时，一改原先沉着的态度，变得激动起来。他的大鬈发不断飞舞，脖子上挂着的十字架项链敲击着摩托车的油箱。他用力摇晃"南方"以驱赶噩运，直到葛皮叔叔和大个子脸上闪过一丝担忧——他俩急于保护摩托车，纷纷伸长了手好扶稳"南方"，让牧师在一旁进行一连串的祈福仪式。不一会儿，牧师把手放在我和妹妹头上。接着人们便将手中的钱投入捐献篮，望着彼此已换回的小面额钞票，或是偷偷把钱塞回口袋里。

那天下午回家后，叔叔租了白色塑料椅和五彩遮雨篷，准备举行庆祝会。被他请来做饭的妇人将食物放在冰桶内，用勺子舀取，分给宾客们食用。尽管来参加的宾客人数不多，但叔叔仍将屋前的泥土路封住，让人以为这里正在举办一场盛大宴会。在我们的国家里，倘若一场宴会不足以影响交通的话，怎称得上是宴会呢！

葛皮叔叔逮到机会起身，以喜剧演员般的声音致辞："我的族人、邻居、家人，我能有今天都应该感谢主……"

"让我们一起欢喜同庆！"大伙儿兴高采烈地说着。

他清清喉咙，大声喊道："哈利路亚……"

"哈利路亚！"众人跟着齐声喊道。

"你们瞧，我住在海外的兄嫂送了我这辆摩托车！"他指着"南方"说。这会儿摩托车正停在一棵杧果树下，仿佛为了展示给众人欣赏。"你们瞧，我不再是个穷鬼。"他继续往下说，"我不会一辈子都当个阿哥贝洛，我可以从事其他行业赚很多钱，利用摩托车搭载你们的族人收取费用，你们得一块儿帮我忙，我可不是邀请你们来我这里白吃的。"

"你到时候肯定喊累！'微笑葛皮'说的才不是真话！"有人说道。

"此话当真，瞧我一脸正经样。"

他抚摸着脸上的疤痕，拉扯自己的嘴唇，宾客们哄堂大笑。

"你那张脸吓死人哪！"其中有个嘴塞满了饭的女人大喊。

"别担心，等我赚够了钱，我会好好整容……到时候我的脸不会老是一副笑嘻嘻的模样。我会有张军人般的脸庞。那时你们再也分不清我是在生气、难过还是在扯谎……谁能说得准我此刻是否真的开心呢？"

更多人笑了起来："阿哥贝洛！'南方'阿哥贝洛！"

他停下来，指着大个子，摇摇手指说："我的好友，千万别再像今天这样，在我的感恩祈福会上让我丢脸啊！"

大家跟着哄堂大笑，大个子开玩笑似的跟着摇头，起身对所有人说："族人们，我今天早上在教堂跳的舞蹈差劲吗？"

"你跳得很好啊！"宾客们纷纷支持他。

"他们都是好人，心地善良。"葛皮叔叔说，"这位是我的新朋友……刚到这儿。你们以后会对他有深入的认识……现在，大伙儿就跟我一块儿好好享受！等我有钱了，我养的狗可不会让任何人靠近我家大门，就像拉撒路一样。"

"那天不知何时来到,你啊,老老实实做个脚夫吧！"有人回呛他。

等笑声平息后，他接着说："你最好现在就开始找一个手脚灵活的人替你摘椰子……总之，说真的，我今天真是太开心了，因为我照顾好兄嫂的孩子，所以他们要送我一份大礼。"

"愿上帝保佑他们！"人群里有人喊道。

葛皮叔叔朝我们的方向一指，所有人都望向这边。

伊娃和我止住大吃的动作，面面相觑。我感到有些迷茫，因为我们的爸妈住在小村落，并非什么海外。我还以为自己听错了。摩托车是大个子从爸妈位于布拉费的村子骑回来的？不，这不可能是真的。就算爸妈健康，却不富有。我原以为这个庆祝会是为了庆祝爸妈身体康复，所以拼命往嘴里塞食物。我空出两手吃着小山一般高的大米饭①；请来的厨子用"班叔叔"大米来煮饭，这么一来我们吃饭的速度可以更快，因为不必担心吃进小石子。我将片得跟芭蕉脆片一样薄的炸斑马鱼留到最后吃，不理会叔叔接下来说的话。

"等到我的兄嫂带着其他孩子前来探望我们时，"葛皮叔叔继续往下说，"你们将享用到更丰盛的食物……哈利路亚！"

"哈利路亚！"他准备就座，众人齐声喊道。

傍晚，所有宾客随着我们最近添购的索尼牌手提音响播放的音乐起舞。大个子起身，他脱去夹克，露出里面那件干净的白衬衫，将长裤拉高至腰际，好让双腿能够灵活摆动，然后开始教我们跳马柯萨②。他舞动四肢，丝毫不受身上穿的西装影响，随着电吉他和亢奋的鼓声扭腰摆臀。摇曳的舞姿让人目不转睛，我们开始喜欢这个人。他让伊娃记起自己是个聪明的女娃，他抱起她，不断将她抛向空中再接住。孩子们纷纷围着他转，要求玩同样的向上抛接游戏。他满身大汗，弄脏了衬衫，平底鞋沾满泥巴，不过他一点儿也不在意。玩疯了的我们第二天就因为发烧、腹泻而不必上学。

---

① 大米饭（jollof rice），以洋葱、番茄和大蒜佐以其他香料烹煮而成的菜肴。

② 马柯萨（makossa），源自中非西岸喀麦隆的民族音乐，之后融合吉他、管乐器等插电化乐风，形成具有摇摆风格的电子舞曲。

一个星期后，葛皮叔叔提早结束工作回家。他坐在床沿，捻着手指头，似乎有话要说，不仅工作服来不及换，连澡也还没洗。接着，他倾身对我们说："你们喜欢有新课本的上学生活吗？"

"我喜欢我的课本。"伊娃说。

"老师现在很喜欢我们，我们会跟好朋友一块儿分享新书。"我说。

"很好。"他说完便在床上翻来覆去，直到他的背贴着墙为止。他头上的墙壁上挂着一本一九九四年世界杯足球赛日历，图片上是晋级三十二强的各国代表队。由于墙面凹凸不平，煤油灯光晕投射在日历上，形成明暗相间的阴影。

他将伊娃拉向他的两腿之间，玩捏着她的脸颊，床上的弹簧发出吱吱嘎嘎的声响。日历下方的墙面上有只壁虎在爬，它最后停在屋顶与墙壁之间的地方，尾巴朝向脚踏车的链条。

"你们的教父、教母知道你们俩喜欢上学很开心，"叔叔突然开口说，"你们要懂得感恩。"

"教父、教母？"我从床上坐起身说道。

他若有所思地望着我，然后点点头："噢，对啊，你们俩真是幸运，能有教父和教母。"

"他们住在布拉费吗？什么时候来看我们？"伊娃问。

"不，不是这样。"叔叔咯咯笑着说，"你们不认识他们。"

"大个子认识他们吗？"她接着问，"我还想跟大个子跳舞，他可以跟我们一起回布拉费，教艾辛、艾萨和伊都苏跳马柯萨。你答应过要带我们回布拉费哦！"

"没错……我们会回那儿去，不过我要先介绍你们的教父、教母给你们认识，这两个人送我们好多东西，有'南方'、索尼牌音响，还买药为你爸妈治病。你们的爸妈很喜欢他们呢。教父和教母想要帮助我们全家人，让你们有机会念书……我们就像是被他们收养，你们明白被人收养的意思吗？"

"不知道。"我俩异口同声回答。

"就是陌生人来带走别人家的孩子，把他们当作自己亲生的……仔细听好，我们要跟别人说这教父和教母是我们的亲戚。"

"亲戚？"我一脸狐疑。

"你骗人，叔叔！说谎话会下地狱！"伊娃大声说。

"噢，年轻人，你们没读过《圣经》吗！"他激动地回应，"我明白很难向你们解释清楚，所以在跟你们谈话前我连澡也没洗。如果一个人说的是善意的谎言，那么他就不会下地狱了。只有居心不良的谎话会让人下地狱，孩子。主日学校的老师不是应该教过你们，《创世记》第十二章，第十至十六节不是说了，坚信天主者亚伯兰向埃及人说善意的谎言，谎称撒莱是他的妹妹而非妻子才保住一命。还有《创世记》第二十七章，第一至三十三节，雅各与利百加欺瞒以撒，夺去长子以扫的名分。记得吗？"

"叔叔，可不可以再跟我们说说那个故事？"伊娃央求叔叔，我们兄妹俩往他身上靠拢，"给我们讲亚伯兰的故事……"

"安静！别打岔！"他突然说，"专心听我讲。"

"好的，叔叔。"伊娃回答。

"你们应该没忘了《圣经·新约》里玛窦福音第二章，第三至十六节里面有智者愚弄希律王，拯救了襁褓中的耶稣的故事吧？"叔叔重燃心中的喜悦向我们说明，"就像《圣经》里的人物一样，我们必须保护自身的财产，因此才要称教父教母跟你们是亲戚；否则，人们会出于忌妒，也要求你们的教父教母收养自己的孩子……你们能够理解，对吧？"

"是的，我们明白。"我们回答。

"不管怎么说，你们的养父母也这么认为，等你们长大后就会理解。孩子，这个世界充满了危险，你们不可以轻信他人。所以不能把这件上天赐福于我们的事说出去，好吗？你们难不成想引来拉各斯①的抢匪？让这些人破坏了我们家的好运？"

"不，叔叔。"我们俩摇摇头。

"非常好，孩子……我为了这个家庭会议提早赶回家。我一一告诉你们实情好吗？"

"好。"

"你们的养父母是 NGO 的人。"

"NGO？"我发出疑问。

---

① 拉各斯（Lagos），尼日利亚最大的海港城市。

"没错，NGO。也就是非政府组织机构……来跟我复诵一遍……"

"非政府组织机构。"我们跟着复诵。

"再一次！"

"非政府组织机构。"

"好，很好！他们是一群帮助穷人家小孩的团体，分散于世界各地。他们都是好人，在世界各地旅行。"

他朝我们笑了笑，神情看上去仿佛刚宣布完一个难以启齿的消息，轻松了不少。他起身，脱去脚上的牛仔靴和蓝色西装，换上短裤。

叔叔是我见过的穿得最帅的"南方"摩托车骑士。自从我们变得有钱后，他开始穿着欧洲产的西装和皮鞋，这是他从无人区附近的自由市场买来的。不过他看上去依旧不够体面，因为他买来的衣服全都皱巴巴的，家里没有熨斗，也没有电。我们穿上新制服去上学，叔叔早上会骑车送我们去学校。我们看上去聪明又健康，同学们纷纷向我们打探住在"海外"的爸妈的消息。

"这是你在庆祝会上跟大家说是爸妈送你'南方'摩托车的原因吗？"我问。

"没错，孩子……完全正确！"

"我明白了。"

"你比同年龄的孩子聪明。记忆力也很好。不过，你不能把这件事告诉其他人，知道吗？《耶利米书》第九章第四节当中提到：不可轻信友人……提防友人恶意中伤。所以切记，别告诉同学或是教堂里的朋友这件事，好吗？"

"好。"

这回只有我一个人点点头。

"伊娃呢？"他问。

"我不会说出去的。"她说。

他走了过来，坐在床沿上，伸手到床底下拿出杜松子酒，给自己斟了一杯，他一饮而尽的样子仿佛在向大水桶里倒酒。他接着又喝了两杯酒，清清喉咙之后就瘫在床铺上："过来，你们知道怎么称呼养父母吗？"

"不知道。"伊娃回答。

"教父？教母？"我胡乱猜测。

"不，"他说，"教父、教母听上去过于生疏！再试一遍！"

"养父……养母？"我说。

"不，称他们爸爸、妈妈就行了！"

"爸爸？妈妈？不行！"伊娃抗议。

"伊娃！"叔叔说道，意思要她同意。

"我的爸爸、妈妈住在布拉费。"伊娃说。

"这我们都知道。"他说。

"那么，我们称呼他们养父、养母以免混淆。"我提议。

"不行，你们要像称呼家乡的爸妈一样称呼对方。知道吗？"

我耸耸肩膀放弃争辩，然后望向伊娃，知道她又要开始闹脾气了。

"大个子认识我们的养父母吗？"我问。

"当然。"叔叔说。

"可是你刚才说不可以把这件事告诉朋友呀，"我说，"你却跟大个子说了。"

伊娃突然抬起头来，觉得不对劲。叔叔没有立刻搭腔，他只是露出顽皮的笑容，然后点点头，继续喝着杜松子酒。

"柯奇帕，"他最后开口说，"你是个聪明的孩子。"

"谢谢你，叔叔。"我说。

"但别把聪明才智用错了地方。记住，别像无头苍蝇般胡乱飞，傻傻地跟着尸体进了坟墓，明白吗？"

"不会的，叔叔。"我说。

"你用脑袋好好想一想……大个子是我信得过的朋友，他是我唯一邀请来参加感恩祈福会的友人，记得吗？"

他笑了笑，然后朝我们眨眨眼睛，仿佛在说："我终于打败你啦！"我跟着他一起笑，因为我觉得他很滑稽，并且我原以为自己能想明白这一点。然后伊娃也跟着我们一起笑了。

等我们止住了笑，他还继续胳肢我们，我们笑得更加开心，不过没他笑得厉害就是了，仿佛有只看不见的手在他身上挠着痒。伊娃开始朝我丢枕头，我们打起了枕头战，叔叔通常不让我们这么玩，但此刻他却没禁止我们这么做。他显然心情很好，坐在床沿上不断逗我们开心。他不停挥舞着双手，每次我们其中一人举起手来丢枕头，他就趁机胳肢我们。他叫伊娃先爬上床，占得攻击我的先机；伊娃兴奋极了，每次她跳上弹簧床，床铺总发出吱吱嘎嘎的声响。我也想跳上床去玩，不过叔叔不准，他甚至要我让着妹妹，让她打赢枕头战。忽然间他仿佛是个发了疯的人，从床上跳起身，玩起了煤油灯灯芯。火光忽明忽暗。我们全都兴奋极了，咯咯咯地纵情笑着，不知叔叔在玩什么把戏。

他弄暗煤油灯，我们在黑暗中厮杀，当我们其中一人跌倒，他会再点亮煤油灯确保无人受伤；如果我们有人在黑暗中吓得尖声怪叫，他就会笑着多给我们一点光亮。我们疯狂地嬉闹着，所有东西都散落一地；两张弹簧床垫落在地板上，叔叔衣架上挂的大部分衣物也都掉了下来，床板的形状扭曲，碰到了床底下装有衣服的纸箱，衣服四处散落。最后，我们累垮不是因为玩疯了，而是因为笑得停不下来。

"总之，你们的爸爸、妈妈，也就是教父和教母，很快便会来探望你们。"晚上等我们把屋子收拾干净，葛皮叔叔说，"他们还会带其他孩子一块儿来，到时候你们便能够相互认识。说不定他们会带你们越过大海，到国外读书。"

我的内心一阵雀跃，跳了起来。

"我们？国外？"我说。

"当然，能够到国外念书的孩子肯定功课要好。"

"那我呢？"妹妹问，"你不喜欢我了呀？"

"我的宝贝，你说什么？你要离开叔叔吗，宝贝？"

"是啊，叔叔是个大人了，如果柯奇帕可以去，我也要……"

"你不是做生意的料……是律师！好，你们俩可以一起出国好吧？其他幸运的孩子也能跟你们一起去——上帝保佑你们的教父和教母。"

晚祷时，叔叔不断感谢上帝，愿他赐福于我们的恩人。瞧他说话的口气和阿戴米牧师一个样。我躺在床上，心里想着我们的养父母。他们长什么样？他们住在哪里？他们真的周游列国帮助其他孩子？我试着想象好心人的脸庞，真想尽快见到他们，但不管我如何想象，心里总是映着爸妈的脸。

我想象爸妈的健康状况已经好转，妈妈一大早会到田里去，爸爸则骑着脚踏车去柯洛佛市场。祖父母肯定因此感到轻松不少。十三个叔伯姑姑里，就属爸妈最得老人家疼爱，因此他俩患病对老人家来说打击自然不小。二老仔细照顾生病的爸妈，在我们兄妹俩离家前，爸妈已经病入膏肓。我感谢上帝让爸妈的身体康复，感谢他派来我们的教父与教母，买药为爸妈治病。他们为我们所做的这一切，换来我们叫他们一声爸爸、妈妈并不为过。我深信家乡的爸妈不会介意我们这样称呼两位好心人。那天晚上我格外思念家乡的爸妈，渴望能够尽快返乡探望他们。我也开始想念未曾谋面的教父与教母，因为他们的慈爱，我成了他们善心的受惠者；就在病魔几乎要击垮亲生父母时，他俩就像我在这个世上的另一对父母。我甚至想见到曾经接受过养父母帮助的其他孩子。此时，耳边传来叔叔的鼾声，身旁的伊娃也传来轻柔的呼吸声，我的家庭成员似乎在一夜之间变多了。

我祈求上帝赐给我一个聪明的脑袋，如此一来，我在学校的优异表现才不会令养父母、叔叔，还有家乡的爸妈失望。从出生起，我们就讲法语和艾达切语，感谢上帝也让我们的英语听、说流利，甚至住在边境这一年半来，还学习了一点儿伊贡语。不论养父母带我们到哪儿去，我都要祈求我们这项天赋能继续发扬。我记起曾经答应过家乡的爸妈和祖父母，今晚我再次允诺上帝——如同每天晚上所做的那样，我会永远听叔叔的话。我告诉上帝我愿意为叔叔做任何事。我恳求上帝让伊娃的性情变得温顺，等养父母前来探望我们时，别让我们困窘或是看起来难相处。

初次与养父母和其他兄弟姐妹见面时，叔叔十分低调。我跟妹妹还有叔叔三人坐在阳台前的土堆上，面对着大海，等候他们大驾光临。

叔叔拿出煤油灯，放在我们身旁的地板上。长长的火焰在风中摇曳。伊娃跟我小声交谈，不知大海另一边会是什么样的光景。我们两人身上都穿着绿色T恤和黑色短裤。当天晚上洗过澡后，我们往脸上涂抹了AZ凡士林。叔叔在我们的衣服上擦了过多的樟脑油，令我们总想打喷嚏——他称这个为"穷人用的香水"。

叔叔显得有些紧张，不断交错两腿，双手不停在胸前交叉又放下。

"伊娃，待会儿该怎么称呼养父母？"他突然对她进行随堂测验。

"爸爸和妈妈。"她回答。

"乖女孩。一切都不会有事的。"

"叔叔，我一点儿都不紧张啊！"伊娃说。

"见到他俩时，可别忘记谢谢人家替你们缴了学费哦！上帝喜欢懂得感恩的孩子。"

"我们会牢记在心的，叔叔。"我说。

"我肚子饿了。"伊娃说，"今天晚上会有晚餐吃吗？"

"饿了？"叔叔转过身去，瞪着她，"我不是跟你说过他们会带晚餐来！跟野餐一样。耐心点。瞧你一副嘴馋的模样，要不要先喝点树薯汤？你和哥哥都没仔细听我说话。记得我带你们离乡时，爸爸怎么交代你的吗？还有爷爷怎么对你们说的？只要你们俩谁惹了麻烦，我就会取消原定计划，不帮爷爷和奶奶的忙……甚至会送你们回布拉费！"

伊娃赶紧道歉："对不起，葛皮叔叔。"

"住嘴……丑丫头！不知道你妈妈从哪里搞来你们这两个家伙住进我哥的房子！敢再蹦出半个字的话……"

我们沉默地坐着，直到天黑。叔叔越发显得焦躁不安，舌头不断舔舐自己的嘴唇。他的背贴着墙端坐着，头靠在最近的一扇窗户上。

海面上，渔夫的捕鱼船发出一闪一闪的灯火，宛如星星一般。漆黑的夜里见不到大海、天空与陆地，只有黑色深渊里的点点灯火。夜晚的整片漆黑吃掉了椰子树影，只有树丛后方隐约能看到独木舟上摆动的灯火忽明忽暗。海面吹拂过一袭略带暖意的微风，向着我们而来，拂过邻近的这片土地。我们听见远方传来无人区集市里的微弱叫喊声，还听见了拖车与卡车往返边界、准备倒车或是停车的声音。从我们坐的地方望过去，偶尔能见到车辆的车头灯划过邻近村子的夜空，仿若一盏盏探照灯。叔叔曾说卡车满载了从西非运送至各地的各类物资。

忽然，我们听见车辆行驶在泥土路面的声音。汽车一开进我们的住处便关闭了引擎和车灯。车子静静滑至屋前，停在沙石车道上。女子率先下车，奔向我们坐的阳台位置，她蹲下身来，静静地给我们一个拥抱，在这个温柔的时刻里，话语仿佛显得多余。"我是妈妈！"她语气轻柔地说。伊娃对这位女士并没有特别的好感，注意力都集中在那辆车上，我却想永远抱着眼前这位女士。

"妈妈……欢迎你，妈妈……妈妈。"我张口结舌。

"谢谢你，好孩子。"她将我们拉得更近，"你真贴心！"

过了一会儿，她将煤油灯提近些，想看清楚我们的脸庞。她身材高挑，是位美丽的黑人女子，有着一双深邃、温柔的眼睛，丰润的双唇和一张鹅蛋脸。她穿着牛仔裤、T恤和网球鞋，头发塞在五彩遮阳帽里——一副要去野餐的装扮。她整个人气质优雅，身上散发着淡淡的香味，像赤素馨花一样的味道。当她拥抱我们时，小心翼翼地不将她的彩绘指甲刺进我们的皮肤。她的微笑就跟呼吸一样自然。

"大个子！"伊娃大喊，喊叫声打破了沉寂的夜色。她拍着我的肩膀，想要挣脱妈妈的怀抱，指着从驾驶座走出来的暗黑人影。"瞧……

是大个子！"

"大个子？"我咕哝着说，"没有啊，在哪里？那个人不是他啦！"

"是他！"伊娃十分肯定，依旧急着挣脱对方的拥抱，"开车的人是他……"

"嘘……嘘……安静，安静！"妈妈紧紧抱着我们说。

安抚过我们的情绪后，妈妈绽放出灿烂的笑容，不再紧紧抱住我们。接着她放开我，举起伊娃，妹妹的眼睛依旧紧盯着那辆车以及驾驶座，妈妈亲吻着她的脸颊，然后抚摸她的头。

"亲爱的，可别大声喊叫哦。"女士小声说道，"先别管大个子了。你们会有机会见到他的，好吗？"

"好的，妈妈！"伊娃说，她的注意力缓缓转移至这位女士身上。

"我的乖女儿，我一直很想见见你。我听说了许多关于你们兄妹俩的事。大个子告诉我你很会跳舞，待会儿想跟大个子跳舞吗？"

"好啊，妈妈！"她的眼睛发亮。

"我还想瞧瞧你那顶漂亮的棒球帽哦！"

妹妹点点头。妈妈显然知道大个子在教我们跳舞，而且伊娃乐在其中的事。妹妹更加注意眼前这位女士，跟她相处起来显得自在不少。

"好，小宝贝，我们可以来安排安排，我也很会跳舞哦！"她转过身去望着葛皮叔叔，他站在一旁战战兢兢地望着我们，"真是个可人的天使……你去把其他孩子带进屋里。不会有事的。"

"谢谢您，女士。"叔叔微微屈身说，"万分感谢！"

叔叔走向车边，大个子替爸爸和另外两名孩子打开后车门，妈妈带着我跟妹妹一块儿进屋，手里提着一盏煤油灯。关上门之后，她在床边坐下，把伊娃放在腿上，让她紧贴着自己的胸脯，看上去像是我们的亲生母亲一般。她很快便取得了伊娃的信任。我明白妹妹今晚不会扫了大伙儿的兴致，顿时感到轻松不少。

妈妈的温柔感动了我。我不禁想象假如她对第一次见面的我们如此有母爱，那么她对待自己的孩子肯定也会这样温柔。尽管她的外表看上去比家乡的妈妈富有，我却从她的身上见到了妈妈的影子。她的家肯定比我们所住的地方高级，不过她待在我们的破房子里却一样感到自在。她环顾四周，明白了隔壁房间是怎么回事。她是第一个到我们的住处探访，却丝毫不会令我感到困窘与不自在的人。

这也是我头一次与 NGO 的人接触。她的出现使我更加确认叔叔之前对我们说过的事：他们是一群脸上带着笑容与关怀，行走世界各地，帮助像我们这般遭遇的孩子的好人。我忍不住在内心感谢上帝赐给我们这样一位女士。我仔细瞧着她宠爱妹妹的样子——她抱着妹妹，在妹妹耳边轻声细语，她说话停顿时的回头张望，还有说话时玩着右手戴的手镯的模样。跟她在一起时，我感到十分自在，不再闻到衣服上的樟脑味；她身上淡雅的香水味盖过了"南方"的汽油味。

"我听说你那天在教堂跳的舞很棒！"她特意对伊娃说这番话，让我有些小小的嫉妒。

"是啊，妈妈！"伊娃紧贴着她说。

"我也会跳舞。"我说。

"很好！"她说完就转过身去望着伊娃，"你喜欢去教堂吗？"

"喜欢！"

"我也是。"女士说，"我喜欢唱圣歌、跳舞、与其他人一块儿祈祷。知道吗，我跟我的丈夫都觉得上帝十分眷顾我们，我们也应该有所回馈，特别是对孩子。"

妈妈直接将妹妹抱起来，两人四目相望，仿佛在感谢上帝的恩赐。我真希望她也能够这样抱着我，但我不知道该怎么做，或是说些什么。我将目光从他们身上移开，盯着地板瞧。

原本站在外头的宾客们，这会儿全都来到了阳台上，不过他们却没进屋里来。我不知道那有多少人，但我辨认出叔叔与大个子的声音，我猜想另外一个较低沉的声音应该就是爸爸。

"好孩子、很听话的孩子……葛皮教育得好。"大个子说，仿佛望着巴达格里自由市场里的鸡崽。

"华格尼佛先生，您可以进屋里瞧瞧。"

"太好了！"爸爸说。

"我们都很感激上帝的恩赐！"叔叔说。

"不幸的是，华格尼佛先生，就像我那天跟您提的，葛皮没将所有孩子送过来。"大个子解释道，"其他孩子呢，葛皮？"

"在村子里。"葛皮叔叔简短回答，"我会把他们全都带过来。"

"什么时候？"大个子问，"你这样让我很难做人，不是谈好总共有五个孩子，尽快把其他孩子带过来吗？"

"很快，很快。"叔叔连忙澄清，"我最近会去一趟布拉费，我的其他外甥和侄子都在村子里。"

"赶紧带他们过来，别浪费大伙儿时间……"

"别忘了这里还有其他人！"妈妈朝阳台前的爸爸大喊。

"你们俩快住嘴！"爸爸说，"有些话不方便在这个时候说！我们是到这儿来庆祝的，不是要让葛皮与孩子们难堪……葛皮答应过会带其他孩子到加蓬，大伙儿会过着快活的日子，好吗？还有，大个子，你要永远记住，你只替我们卖命，可别耍任何心眼。剩下的就放手让葛皮去做，事情自然有法子处理。"

"先生，真是对不住，先生。"大个子连声道歉。所有争执顷刻间全都停止。

我的脑海中突然闪现出艾辛、艾萨和伊都苏的身影，一想到他们可能到加蓬与我们一块儿生活，我简直乐翻了天。我深信他们正在布拉费等待时机，好过来边界与我们一同生活。我当下明白大个子那天骑着"南方"载着叔叔回来时气急败坏的原因，还有星期天的感恩祈福会上，两人在教堂前谈到"五"这个数字时所指为何。叔叔跟我们兄妹俩提到养父母这件事时，我便明白，对方慷慨的助人之心不仅会帮助我的爸妈，也会连带照顾家中其他成员。尽管我感觉得到这一点，却不知道是以这种方式。大个子要是肯耐住性子等，就会等到我们返乡去接其他手足一道前来边界聚首。我不喜欢大个子搞得养父母与叔叔之间不愉快。

我真想在伊娃耳边大喊我们一家就要团聚了，不过我极力克制住了。我嫉妒她吸引了妈妈所有的注意，所以不想与她分享这份喜悦。

然而，我的内心却不免感到一丝困惑。我今天终于见到期待已久的妈妈，却不怎么能感受到她对我的爱。我很感激大个子带养父母来探望我们，却因为他让叔叔在养父面前受到屈辱而感到苦恼。

我们做了什么样的好事，使得上帝赐予 NGO 的人来帮助我们？我们并非这一带村子里最穷困的孩子啊！然而，比起学校与邻近村子的孩子，我着实感到被上帝选中的荣耀。我还记得那个快乐的星期天，叔叔与大个子在基督五旬节教会前所谈论的话题，阿戴米牧师后来在感谢上帝的恩赐时，更加证实了这一点。道理很简单：你之所以穷困的原因在于通往上帝之路并不顺遂；倘若你拥有良善德行，那么我们在天上的父，肯定会让你拥有富足的生活。

但那天晚上，我坐在这位善良的女士面前，并不觉得自己有足够的善行能换来这样好的福报。更糟的是，伊娃比起一年半前从布拉费来的时候，更加淘气和意气用事。我猜想在上帝面前，孩童或许拥有豁免权，因此，我将所有希望寄托在葛皮叔叔身上——他肯定做了什么了不起的事，替我们积德，我们才拥有如此的福报。或许，叔叔不在边境继续从事非法勾当；或许，他不再骗陌生人的钱；或许，他爬上椰子树免费替人摘椰子。我望着妈妈抱着伊娃的模样，在心里开始低吟着："今日上帝将赐福于某人。"

没多久，伊娃就在妈妈怀中沉沉睡去。打从家乡的妈妈重病之后，她许久没在妈妈的怀抱里入睡了。祖父母清楚伊娃是个麻烦精，在叔叔答应尽可能照顾两个侄儿后，才答应让妹妹跟着我一道前来。

"嘿，帕斯卡尔，今天在学校过得如何？"妈妈低头望着沉睡中的伊娃，宛如圣母望着圣子一般。

我听见这名字吓了一跳，环顾四周，查看是否有其他人，却没见到任何人在场。那么谁是帕斯卡尔？前门的门窗可都关得好好的。

沉默半晌，妈妈抬起她的脸，对我报以灿烂的笑容，我的心里立刻涌现一阵温暖，却不知道该说些什么。这问题像是在问阳台前的人。我听见叔叔、大个子和爸爸在屋前笑得乐不可支，仿佛中了什么大奖。他们似乎满足于待在外面。

"帕斯卡尔……"她又喊了一次，这次她的手越过桌子，握住我的手。

"我叫作柯奇帕。"我礼貌性地纠正她后，便低下头去。

"是，没错，亲爱的。大个子告诉过我们你叫……柯奇帕？"

"是的，妈妈。"

"我们可以叫你帕斯卡尔吗？将来我们会有很多机会称呼你的名字。你知道我们得照顾不同种族与国家的孩子，柯奇帕这名字不怎么好记。帕斯卡尔这个名字平易近人多了。可以吗？帕斯卡尔？"

"没问题，妈妈。"我点点头。

"真的吗？"

我再次点头："不要紧，没关系。"

她的目光依旧停留在我身上，我觉得自己应该说点什么，却不知从何说起。我现在心里感觉好多了，她总算注意到我，真希望妹妹一整晚都别醒过来。

"谢谢你，妈妈，谢谢你替我们缴付学费。"我脱口而出。

"噢，别客气，亲爱的。"她给我一个亲吻，"你不仅懂事，又懂得感恩，我们听说你在学校表现很好，成绩名列前茅。噢，你可以坐过来些，别离那么远。"

她伸手拉着我，手上戴的手镯叮咚作响。我拉住她的手，绕过桌子，她一把拥我入怀，亲吻我的头，过程中对我轻声细语，仿佛我是她的宝贝，她脆弱的宠物。当她发现伊娃满身是汗时，立刻摘下头上的五彩帽为她扇风。

"大个子，晚安！"等到大个子将车上的食物拿进屋里来，恭敬地向妈妈鞠躬的时候，我开心地向他道晚安。但他却不理我，对我视而不见。妈妈看看他再瞧瞧我，她紧握住我的手，似乎要我别在意。

傍晚，大个子似乎变了个人。这是我们第三次见面——每次见到他，他都会有不同的改变。今晚，他身穿移民官员制服。在煤油灯的映照下，我见到他剃了头发，戴起鸡冠花一般的贝雷帽，并且放长袖子。他的模样看上去比平日更加高大，因为他身穿一件宽松的衬衫，身上的衣服浆过，裤子还烫了两道直线，看上去俨如尖利的刀锋，鞋子擦得发亮。当他移动身躯时，裤管随之摆动，活脱儿一个踏正步的军人，简直就是驻外领事馆前面站得笔直的警卫。

等他进屋之后，妈妈责备了他一顿："帕斯卡尔刚才跟你问好！以后不准你对我的孩子视而不见！"

他停下脚步，站得直挺挺的，好像恭敬地站在国旗前面似的："噢，真是抱歉，华格尼佛夫人。我感到十分抱歉……"

"拜托你去跟小男孩说这话。不必跟我说。"

"刚才真是抱歉……晚安，柯奇帕……"

"不，是帕斯卡尔。"女士纠正他。

他鞠躬哈腰说着："这名字好听。"

"晚安。"我再次向他问好。

没多久，他摆满了一桌丰盛的食物：有螃蟹汤、包裹在新鲜树叶里的阿卡萨①、通心粉、蒸丸子和炖肉。胡椒汤内漂着好几块野味，每块肉上都绑着白色绳子，其中几块肉还沾上了胡椒粒——我们族人最爱吃这类食物。但是你得小心享用这道料理，一个原因是胡椒会辣，另一个原因则是会咬到胡椒粒。

---

① 玉米粉制成的黏稠状食物。

大个子带了两个冰桶走进屋里，当他开启冰桶时，一阵凉意飘了过来。他拿出可乐、马帝纳、拉普拉斯啤酒和奇维塔橘子汁，并将这些饮料摆放在桌上。每次他从外头进来，我都以为会见到车上其他乘客。偶尔，当我的注意力暂时远离妈妈和食物时，我都会猜想葛皮叔叔跟其他人在外头做什么。

等到桌前摆满了食物，大个子从车上拿出两张折叠小板凳。我这辈子还从未见过这么多美食，以往见到的都是市场内的生食。大个子继续将食物往屋里送。食物的香味盖过妈妈身上的香水味，我兴奋得仿佛感觉不到饥饿了。

尽管我并未与妹妹一样进入梦乡，却沉浸在自己的世界里，想象着加蓬的异地生活。我记得叔叔说过我们就要变得富有、大吃美食等事。对我们来说，这一切似乎来得措手不及，那天晚上妈妈的到访的确给我们带来莫大安慰，我没有理由怀疑我们从此将摆脱贫困这件事。打从大个子这个移民官员开车载他们来之后，看他对两人毕恭毕敬的态度，不难想象我的养父母或许是什么重要人物。如今，我很自然地把加蓬当作穷人翻身的国度，一心向往。我想象着妹妹和我上下学都会有汽车接送，就连此刻一想到乘坐"南方"上学的情景，都能感觉到臀部坐在摩托车上的触感。

"亲爱的，我叫你玛丽好吗？"妈妈轻轻将我的妹妹摇醒后对她说，"天亮啰，玛丽，贪睡虫……"

伊娃揉揉眼睛，目光从我身上移向妈妈，最后停在各式美食上。她缓缓睁开眼睛，一脸惊讶的样子。

"你想叫作玛丽还是其他名字呢，亲爱的？"妈妈对她说。

"清醒点，伊娃！"我说。

她沉默半晌，接着搔搔头，打了个哈欠，然后伸长了手，拿起距离她最近的可乐喝。

"你哥哥喜欢帕斯卡尔这个名字！"妈妈又试了一遍，朝我眨眨眼睛，"他现在叫作帕斯卡尔。"

伊娃瞧瞧我，脸上的神情恍然大悟。

"帕斯卡尔？"她说。

"是啊，我的新名字叫作帕斯卡尔，"我耸耸肩膀，害羞地笑了笑，"不要紧，伊娃。"

她摇摇头说："我的名字叫作伊娃·曼达布！"

"妈妈打算替你取名，方便她记得你，因为她有许多孩子等着照顾，你依旧是伊娃，而我仍是柯奇帕……"

"也不全是这样，帕斯卡尔。"妈妈语气温柔地插话，"我们取个简单好记的名字才不至于混淆，我相信你的妹妹能够理解的。"

"是的，妈妈。"我点点头。

看来我求好心切却弄巧成拙。我突然感觉到胃部在剧烈翻搅着，我在床上变换位置，双手抓住床柱以掩饰自己的尴尬。

"玛丽？"妈妈用这个新名字呼唤她，脸上带着灿烂的笑容。

伊娃别扭地点点头，然后望着我。我朝她用力点点头，一方面是为了掩饰刚才解释不清的困窘，另一方面是为了让伊娃明白不会有事。"玛丽这个名字很好听。"我说。

"你真乖，"妈妈对妹妹说，"很听哥哥的话……抱歉把你吵醒，吃晚餐啰。没事吧，玛丽？"

"我不知道。"伊娃说完，把所有注意力倾注在食物上面。

"她有时候很顽固，需要一点时间适应。"我对妈妈说。

"我不认为她很固执，她是个乖女孩，我们有的是时间。"她说。

伊娃用手指抚着可口可乐罐子上的商标，妈妈握住她的手时，她正要舔自己的手指。"噢，不行，玛丽！"妈妈摇摇头说，"你想吃想喝什么尽管说……"

"是的，女士。"她说。

"这里所有食物都可以吃，好吗，玛丽？"

"是的，女士……请问我可以喝可乐吗？"

妈妈立刻开启易拉罐可乐，倒进妹妹嘴里，似乎害怕自己动作稍慢一点儿，伊娃就不愿接受她的新名字。伊娃立刻变得像只吮吸奶水的小羊，气泡饮料缓缓灌进她的嘴里，她打了个嗝，声音大得吓人。

妈妈突然间停下来。

"还要喝吗，玛丽？"她问。

伊娃喘了一口气之后回答："是的，女士。"

屋内挤满其他人之后，显得拥挤不少，所有人只能坐在床上。除了三名男子外，还有一个男孩和一个女孩。妈妈在伊娃盘里装了满满一盘蒸丸子和炖肉，拿起汤匙喂伊娃吃。她的吃相像只饿坏了的小狗，眼睛直直地盯着汤匙。尽管大个子已经要葛皮叔叔打开两扇窗户，但屋内依旧闷不透风，弥漫着食物的香味。

"你们好吗，我的孩子？"爸爸突然间迸出声来，妈妈一脸骄傲地把我们的新名字告诉了他，用手肘轻推我去跟爸爸握手问好，"你好，帕斯卡尔。"他握着我的手说。

"欢迎你来，先生。"我说。

"我是华格尼佛先生。"

"很高兴认识你，先生。"

爸爸看上去比妈妈年长许多，两人看上去像是父女。他跟大个子一样高大，皮肤黝黑，甚至比他的头发还黑，下半边脸蓄着浓密的络腮胡子，鼻孔内的灰色鼻毛向外露出来。要不是他身上穿着一件白色T恤，反射了煤油灯的光线，说不定我都看不见他的身体，因为他的肤色实在太黑了。他喜欢笑，露出一口雪白的牙齿。他身穿短裤和拖鞋，好像是要去夜里的海滩走走。

"你好啊，玛丽！"他向伊娃挥挥手。她急得狼吞虎咽，没时间理会对方。

葛皮叔叔靠在里面房间的门边，张了张嘴，似乎想劝伊娃打招呼，却一脸尴尬。

"别说话！"大个子向他发出嘘声，"随她去吧。"

叔叔点点头，将双手放在身后，跟仆人没两样。

我真希望能听见叔叔讲讲笑话，发出他那招牌式的笑声，一定会逗得大家乐不可支。尽管在等候养父母到访时，他显得异常紧张，我却希望他能像那天在"南方"感恩祈福会后的庆祝会上那样，扮丑角逗乐大家，但他今天却没这么做。我们待在他的房子里，他却没有尽地主之谊，或是向对方介绍我们。此刻，他像个新奴仆一样站着，服侍另一个年纪较长的仆人——按大个子的命令行事。我不喜欢少了幽默感的叔叔。不过，今晚他或许是被养父母的慷慨给吓傻了，抑或是害怕我们的表现不够令对方印象深刻而使他蒙羞。

爸爸起身，指着其他两个孩子说："哎呀，我们差点忘了向帕斯卡尔和玛丽介绍你们的兄弟姐妹……从多戈来的安托瓦妮特，还有从北尼日利亚来的保罗。"

我转过身去望着身边的安托瓦妮特，她却赏给我一个白眼，径自起身舀了碗胡椒汤。她身材矮小，体格壮硕，有着一张圆脸，塌扁的鼻子，还有一张大嘴。稍后的晚宴上那张大嘴将桌上的食物一扫而光，根本不在乎食物该有的搭配吃法。她那双小眼睛显得有些不安，似乎看不惯贫穷的我们。

"安托瓦妮特，先别急着吃，快向弟弟问声好！"妈妈打断她原本的动作。

"妈妈，我不喜欢这个破旧的小屋！"她回答完咬下一小口肉。

妈妈对她怒目而视："你说什么！"

"你说得对，妈妈。你说得对，妈妈。"安托瓦妮特说，接着转过身来在我两边脸颊上分别亲吻了一下，她嘴里的胡椒味熏得我睁不开眼。

"这才乖。"妈妈说，脸上恢复了笑容，"在加蓬，小姐与男士初次见面时都是这样打招呼的！"妈妈转过身来对我说，"她之前是在跟你闹着玩，现在去跟保罗打招呼吧。"

"嗨，保罗。"我伸出了手。

"嘿。"他说完轻轻地跟我握了手。

保罗一双眼睛仿佛哭过一般，红红的。他身材高挑，长得不怎么起眼，坐在葛皮叔叔床边的角落，不动声色，跟座雕像没什么两样。他的皮肤起了疹子，身上涂抹的乳液传来刺鼻的味道。他的额头宽阔，下巴却很尖，这让他的脸看上去像个大甜筒。他整晚垂头丧气，仿佛他的大头过重，脖子不堪负荷。

"保罗，你想吃点什么？"爸爸问。

"我没胃口。"他说。

"没胃口？不想吃点吗？"爸爸哀求他。

"我要回家。"保罗说。

"儿子呀，想家很正常。"爸爸说，"不过你得习惯海岸生活。所有孩子刚开始都会想家。我们都是为了你们好，会尽全力帮助你们。"

"嘿，亲爱的，你得吃点东西才行。"妈妈说完将玛丽交到爸爸手里，往保罗的位置上移动，"拜托你，吃完东西才有力气。我知道这对你来说很难熬，不过一切都不会有事的。亲爱的，你想吃点什么？"

男孩指了指豆子和炸芭蕉片，妈妈把食物盛进盘子里，开始喂他吃。保罗尽管比我年长，却不顾颜面地哭了起来。妈妈将食物放在一旁，抱紧他并轻晃着他的身体，安抚他的情绪。

安托瓦妮特边四处张望边向我靠近，然后在我耳边小声说："六天前，他们从北尼日利亚沙漠……载了一卡车孩子来。我不喜欢保罗，希望他别跟我们一起去加蓬！我四天前到这儿来，表现得比他还乖……"

"住嘴，安托瓦妮特！"爸爸朝她大吼，目光严厉，"怎么这么没礼貌。我们在加蓬可不会当着别人的面说对方坏话！"

安托瓦妮特立刻坐直身子，像是头一回受到惊吓般连声道歉："对不起，爸爸。"

"最好是这样！"男子说，"拥有良善的德行十分重要。"

"不要紧，亲爱的。"妈妈对爸爸说，递给他一瓶啤酒和一碗胡椒汤，"放轻松，你不觉得自己有点反应过度吗？你也吃点东西吧，否则会被这些孩子给搞疯的。孩子不就是这样，最后总能相安无事……葛皮一起用餐吧，还有大个子也一块儿来吃。大家别客气，把这儿当成自己的家。"

叔叔盛了饭和胡椒汤，不过咀嚼的模样似乎有些不自然，像是咬到了难嚼的胡椒粒。大个子在盘里盛了两个阿卡萨，在上头淋上螃蟹汤汁，接着，他停下手上的动作，把固尔德啤酒当奶瓶般吸吮。我跟着喝起啤酒，享用搭配了豆子、米饭和炖肉的佳肴。每个人见到安托瓦妮特将凤梨汁混合了啤酒、可乐，甚至要求爸爸把啤酒加进她的调酒饮料时，都笑弯了腰。伊娃小口嚼着鸡胸肉的模样，像是已经酒足饭饱。她累得塞不下任何食物，不过依旧对当前美食来者不拒。

海面突然刮起一阵风，吹向门板，所有人都听见门关上的猛烈撞击声。窗户也都被风吹得关上了。保罗一个人坐着，突然反胃，弯下腰去呕吐。爸爸冲上前抓住他，妈妈和其他男子围在他身边。

"哎呀，又晕船了。"妈妈低声说，无助地望着爸爸。

"希望别像昨天那样严重。"爸爸说，"我们这回可没带酒精来，是不是？亲爱的？"

"我恐怕忘了准备。"她说，这是今天晚上她头一回觉得挫败。

"别担心。"葛皮叔叔说完与大个子交换了一个眼神，"不麻烦，不麻烦！"

他迅速从床铺底下拿出一瓶杜松子酒，打开之后在碗里倒了一些。叔叔拿一小块布浸在杜松子酒里，拧干，然后放在保罗脸上。妈妈将男孩抱在怀中，叔叔将他的呕吐物清理干净。不论妈妈如何哄他，虚弱的保罗都显得十分不安，两个人的身体纠缠在一起，宛如母蛇跟小蛇在做沙浴。

"你还记得我刚才怎么说保罗的吗？"安托瓦妮特小声对我说。

“他不会有事的。”我示意她安静点。

“他真像个长不大的孩子……”她又开始碎碎念，直到大个子狠狠瞪了她一眼，她才住嘴。

大伙儿回到座位上，在一阵不安的沉默之后，大个子打开会发出很大声响的收音机，但他将音量调小，此时的背景音乐是阿尔法·布隆迪低声哼唱的歌曲。安托瓦妮特放着食物不管，笑呵呵的，在叔叔的衣柜旁跳起舞来，两只手不断拨弄着一旁的衣服，因为这屋子实在太小了。接着，她把我从座位上拉起来，要我与她共舞，大伙儿跟着起哄。伊娃在妈妈的提议之下，也跟着加入我们的行列。她戳在原地，不知怎么才能秀出大个子教给她的扭腰摆臀舞步，因为她吃撑了，跳不动。妈妈笑着说要不是为了照顾保罗，她肯定也加入我们的行列——保罗目前看来只能虚弱地躺着。大个子坐着，头部随着美妙的旋律摆动，眼下这空间实在不够容纳他的身高，没法让他疯狂舞动身躯。叔叔静静望着眼前的这一幕，依旧无法融入大伙儿的欢乐气氛里。

晚些时候，爸爸借着煤油灯灯光，查看我和妹妹的作业簿，称赞我们是聪明的孩子。叔叔从未检查过我们的作业簿，所以我俩十分兴奋。

“你们要好好念书！”爸爸最后做出结论，他抱了抱伊娃，然后用力握住我的手。

“我们也很聪明啊！”安托瓦妮特噘起嘴对所有人说。

“是啊，我敢说你们俩就跟保罗和安托瓦妮特一样聪明。保罗，是不是这样？"

保罗依旧盯着地板，缄默不语，那块盖在他脸上的布像一张面膜。

等爸爸看完我们的作业簿之后，我向他道谢："谢谢你，华格尼佛先生！"

"不，不……喊他爸爸就好！"大个子突然插嘴，摇摇头，叹了一口气，给叔叔使了一个眼色，"你们的脑袋要是记不住该怎么说话，就学学这个'受宠的男孩'，跟他一样住嘴就行了。"他指指保罗说。

"谢谢你，爸爸。"我赶紧改正，"对不起，爸爸。"

"不要紧，帕斯卡尔。"眼前的男子说。

葛皮叔叔怒气冲冲地望着我说："柯奇帕，怎么妹妹表现得比你这个笨家伙还好呢？"

"噢，他已经改名叫作帕斯卡尔了。"妈妈纠正叔叔，他整个人像通了电似的，身体僵直。"帕斯卡尔。"她重复一遍，"瞧，连大人都会犯错，更何况是让孩子在一夕之间学会呢？"

"抱歉，夫人，我会喊他帕斯卡尔的。"葛皮叔叔露出笑容说。

晚饭后，爸爸妈妈给我们看加蓬的照片，还有他们位于尼日利亚、贝宁以及科特迪瓦的土地。他们还让我们看了几张船只内部的照片，这几艘船真是漂亮。我们整日在海边便是望着这样的船，它们吐着烟在海面上航行。养父母还让我们瞧瞧那些接受他们资助的孩童正在进行的各式各样的活动——读书、玩耍、用餐、歌唱，甚至连睡觉的照片都有，其中有些孩子跟伊娃一样年纪。匆匆浏览照片的过程中，安托瓦妮特兴奋地对每张照片评头论足一番，仿佛她人已经到了加蓬，对这些孩子熟悉得不得了，似乎每个人她都喊得出名字。

"对了，"妈妈开口说，"确保孩子在出行前身体都是健康的，好吗？"

"是的，夫人。"葛皮叔叔回答。

"记得给他们买蚊帐，听见没？我要你将他们照顾得妥妥帖帖的。"

"这点夫人不必操心，一切交给我就行了。"

"大个子提起其他孩子的事你别感到困扰，好吗？"爸爸说完起身准备离开。

"谢谢你，先生！"叔叔回答完又是一番鞠躬哈腰。

"我们不再对你有其他要求。"爸爸接着说，"你尽力做就行了，但这两个孩子如果有任何意外，我们可是唯你是问哦！"

大伙儿笑了起来，叔叔向他拍胸脯保证，还眯着眼睛朝我眨两下，摸摸伊娃的头。他说了几个笑话，作势拉拉他的嘴唇，所有人都笑翻了——当然，除了保罗之外。在漫漫长夜里，我觉得这大概是叔叔首度找回往日的自信。他肯定察觉到这个令他坐立难安的探访终将告一段落，而且过程圆满。

"就这样吧，"爸爸突然开口，收起照片，"大个子，我们准备上路了，还有两个地方得去，今晚可真漫长。"

"是四个地方……七个孩子。"大个子纠正他，然后开始收拾餐桌，把所有东西搬上车。

他们收走食物时，我心里往下一沉。我原以为他们会将这些吃的留下来，已经打算将欧古柏诺汤①倒进大锅里，好盛装剩下的食物，甚至打算将洗澡用的铝桶暂时拿来当锅子用。为了不浪费任何食物，就算将所有吃的装进这两个容器内混合搅拌都没问题。叔叔从前常说，肚子一下子吃进太多食物，最后还不都是进到同一个胃里。所以，我宁可一天花上两三次时间，将食物加热了，慢慢吃。

妈妈抱着我说她会想念我的时候，我努力克制自己的情绪；爸爸则要我们用功念书，还说今天晚上是个好的开始。大个子开车载他们离开时，我心里默想着养父母在非洲各地的义行善举。

我因自己贪婪地想要留下这些食物而产生罪恶感，他们还得拿这些吃的来喂饱其他孩子。我已经准备好跟爸妈好好合作，像安托瓦妮特那样，对未来抱着美好的期望。我讨厌保罗给我们的恩人造成不必要的麻烦，希望他在下一站别又呕吐。我完全没想到这是住惯了沙漠的人对于海洋之行会出现的实际反应。对于他令爸妈感到困窘一事我十分看不惯，就连年纪最小的伊娃都能设身处地为别人着想。

当天晚上，叔叔叫我们帕斯卡尔跟玛丽时，还不算太难适应。第二天，他到学校行政单位替我跟妹妹更名为帕斯卡尔·华格尼佛与玛丽·华格尼佛。由于妈妈很喜欢她给我们取的新名字，每当同学用旧名字称呼我们时，我们总会一脸不悦。伊娃咬了其中一个女孩的耳朵，

① 以欧古柏诺（ogbno）种子为主要食材，加入肉类、西红柿、洋葱与烟熏咸鱼等材料熬制而成的汤。

因为她总用伊娃的旧名字来取笑她，尽管老师拿棍子威胁伊娃，但也来不及制止灾难发生。

第二天，大个子带着照相机来为我们拍摄护照用照片时，叔叔也带着工人到家里来，把木门和窗户更换成铁门、铁窗，他说因为家里多了"南方"后，生活水平有了提高，必须特别注意家中的财产安全。

工人将铁窗和铁门漆成黑色，他们站在灰色的水泥墙外头，仿佛黑色的豆荚。叔叔还添购了大挂锁与狗链，将挂锁的钥匙和摩托车钥匙穿在一起。由于新钥匙太长，会划破裤子口袋，叔叔将钥匙挂在脖子上，看起来就像戴着一串金属护身符。

某个周六，他留在家里，没有载送人们往返边界；他在屋后挖了一个坑，并取出坑里的黏土，再加点水和水泥，要我帮他搅拌好材料并放在托盘上。然后我们一起补平屋顶及客厅外墙上的破洞。我不断将托盘传给站在椅子上糊水泥的叔叔，伊娃则在屋外嬉戏，塑着一个个迷你黏土人。

我们的举动吓坏了蜥蜴、壁虎和老鼠，它们不断从巢穴探出头、跑出窝巢，到最后连我也见怪不怪了。叔叔大部分时间吹着口哨、哼着歌曲。每次补完土后，我们便走到室外，让叔叔站在椅子上补外墙，他用指关节揉捏黏土，然后用潮湿的手掌抚平补上。

"叔叔，干吗在墙壁上留洞呢？"我见到他在每道墙壁上留了洞。

"因为我不想热死屋里的人。"他说。

"热死？不是有窗户吗？"

"有了这些通风口后，就不需要开窗户了。你问太多问题了，孩子……不过这些通风口稍微大了点。请把补土给我。"

我将补土递给他，他把通风口补成跟男人的脚掌一样大小，我们站在屋内，发现无法从里面的洞口望出去，这些洞口不仅高，而且贴近屋顶，太阳光根本无法透过这些洞口照进屋内。

"叔叔，你打算什么时候将屋顶盖上棚子？你很快会将屋顶修补好吗？"

伊娃走进客厅，静静地站在我们身后，不过我们并未留意她的出现。叔叔的动作迅速而有效率，我和他之间的对话只会更坚定他想尽快完成工作的决心。

"别担心，我们会有屋棚的。"葛皮叔叔说。

"新家？"我问。

"爸爸妈妈要为我们盖新房子……真正的水泥屋。"

"我们什么时候能再见到爸爸和妈妈？"伊娃突然插嘴问。

我和叔叔停止交谈，转过身去望着她好一会儿。她原本要拿她刚才的杰作让我们瞧，不过小泥人全部破损得差不多了。她将残破的小人贴近她的胸部，张开掌心抚着这些小玩意儿，仿佛它们是珍贵的珠宝。她说原本想让这些小泥人跟着一块儿搭乘"南方"。

"再过几天就能够去布拉费了……"葛皮叔叔说。

"不，我刚才是指加蓬的爸爸妈妈。"伊娃强调，"等妈妈回来，我要送她小泥人。"

"别担心，玛丽。"葛皮叔叔说，"你别把小泥人玩坏了……加蓬的爸爸妈妈很快就来。"

等到工作告一段落后，叔叔开始清扫客厅，将落在墙面附近的湿土都集中在一起。我把所有灰尘扫到屋外去。然后，叔叔让我去市场买一堆阿玛拉和伊乌都①。等我买完到家后，大家坐了下来开始吃，伊娃却不愿加入。

"我想吃加蓬来的食物！"她赌气说完后，就从床铺上站起来，一脸不悦。看见没人搭理她，于是径自走到门边，气恼地坐在那儿耍性子。结果她因为头部撞到新装好的铁门而开始大哭。她坐在敞开的门边，背对着我们，面向大海。

"加蓬食物？"叔叔望着我，用他那浸了伊乌都酱汁的粉红色手指搔搔头，"玛丽，等下次好吗？"

"妈妈会带加蓬食物给我吃，"伊娃大哭，"我要妈妈，我要喝可乐，还要吃通心粉，我不想再吃伊乌都和阿玛拉。"

"那位女士也带了胡椒汤、阿卡萨和螃蟹汤呀。"叔叔辩称，"这也算是加蓬食物吧？"

"那些是给你和大个子吃的。"伊娃不服气地回答。

---

① 伊乌都（ewedu），取麻黄植物的叶子为食用部分，在非洲为十分普及的叶菜类食物。

"才不是这样……安托瓦妮特也吃了，"我说，"我也吃了。"

"我们有了富人的烦恼。"叔叔说，"在那之前，我有什么你就吃什么，是个听话的孩子。吃，还是不吃？现在看你怎么选择了。"

"葛皮叔叔，她肚子不饿！"我说，用手一把抓起阿玛拉。

"我要吃加蓬食物！"伊娃说，两条腿在地上拖着走。

我继续吃着东西，不理会她的无理取闹。不过就在我抬起头望着叔叔时，他正屏气凝神听着伊娃说话。"门儿都没有！"我一边对伊娃说，一边扭捏不安地倒回床铺上，"我哪儿都不去！"我之所以这么说，是因为一旦叔叔顺了她的意，我就得再回市场去给她买想吃的东西，"你会宠坏这个女孩，你给我站起来！"我大吼，"瞧瞧你的大头就像加蓬食物！"

"你是个大笨蛋！"伊娃朝我大叫。

"谁是笨蛋？我吗？"我对她咆哮。

伊娃龇牙咧嘴地转过身来，准备咬我一口，每次她任性不听话遭我一顿打时，都想要动口咬我。尽管室外光线亮得令人睁不开眼，但我依旧能够看到她窃笑的模样。我气得准备朝这个对我挑衅的小女孩冲过去，叔叔却一把拉住我的短裤，将我往回拉。我想挣脱他的手，冷不防一个趔趄，跌倒在地。伊娃戳在原地不断唤着我的名字，直到叔叔警告她住嘴，否则不让她去加蓬。

伊娃不愿进屋里来，也没有出去的意思。她眼眶噙着泪水，没多久，泪水便顺着脸颊滑落，她想要吃加蓬食物的欲望与叔叔不让她去加蓬的警告令她感到沮丧。她使劲扯开嗓门，像那回得了疟疾、聒噪的医生在她屁股上戳进一针时那般号啕大哭。叔叔开始哀求我别真揍她，待他见我情绪缓和之后才松开我的手，抱起伊娃。叔叔连哄带骗把她抱进客厅，像那天晚上妈妈对她做的那样。

"我不想再跑一趟市场了，"我小声说，"为什么这个麻烦精说什么我都得照办！"

"谁要你再跑一趟市场？"叔叔回应我，"别再责怪你妹妹了，瞧她一副营养不良的样子，我们得把她养胖一点儿上路。否则，你们的养父母面子会挂不住。还有啊，帕斯卡尔，你妹妹还没抵达加蓬就先喜欢上当地的食物了，你应该为此感到高兴。"

"她应该体谅我们目前的境况呀，葛皮叔叔。"我说完后独自走到屋外，一个人坐在土堆上生闷气。

"总之，别麻烦了，"叔叔自顾自地说，"我自己跑一趟市场就是了。"

他背着伊娃进了里面的房间，将"南方"推出来停在室外，冲着它笑。这几个月来日子挺难熬的，然而这辆摩托车却成了他安神定气的宝贝，这东西令他倍感骄傲；待我和妹妹离开这里前去加蓬后，这也能让他在精神上有所寄托。他经常望着后视镜里的自己，朝后视镜傻笑，然后冲着摩托车自言自语，仿佛这部摩托车听得懂他说的话，能对他有所回应。此刻，他将伊娃放在油箱上方，自己也坐上摩托车，骑车去市场。他买完食物后并未立刻回家，据他后来说，是载伊娃兜风去了。回来之后，他将摩托车停回原处，过程跟推它出来时一样恭敬谨慎。我们想跟往常一样待在屋内用餐，但伊娃抱怨房子里补土的气味令人作呕，所以我们到屋外的杧果树下吃东西，就像野餐一样。

午后，我们继续干活，这次要补平房间里面的洞，由于这里堆满了杂物，技术上更加困难。叔叔根本不让"南方"晒到太阳，也不把它停放在客厅。他宁可多花些时间将"南方"放在房间中央，在上面罩上床单与帆布，仿佛在装扮一只大型宠物。我想将房间里面的其他杂物搬出去。

"你要将这些东西放在哪儿？"他问。

"外面啊。"我说。

"不行……你脑壳坏掉啦，孩子？你要让我的家当暴露在外头？"

"那客厅呢？"我说，弯身拿张旧报纸盖好角落里的汤锅。

"如果有人来就让他们等一会儿，你见到我找任何人来帮忙了吗？别乱动其他东西。"他说完，将靠墙的研钵移开，使他能够摆张椅子干活。

我俩埋首干活，加快动作。等到我们换到客厅时，他不再像起初那般吹着口哨或是哼唱歌曲。他并未在客厅留下任何通风口。他安静地干活，仿佛有那么一刻，你会觉得他把这当成了苦差事——他不再费心地仔细涂抹，即使水泥的粉尘落在新的家具物品上，他也不在乎。我想抹去墙上的补土，却招来他一顿白眼。

"叔叔，你没在客厅留下任何通风口？"我将补土递给他时问道。

"那又如何？"他说。

"客厅需要空气流通啊！"

"你以前会在客厅睡觉吗？"

"没有。"

"妹妹呢？"

"没有。"

"那么你愿意在'南方'遭窃后，再流泪悔恨吗？专心干活，别再打断我！"

我们将客厅的四面墙补好后，房间变得越来越暗，因为叔叔连窗户都不肯开，我只能见到他的剪影。就我目前所处的位置来看，我们一样东西也没有撤出房间，所以客厅不仅漆黑而且拥挤。室外，是阳光普照的午后；室内，则如同夜晚。我想点煤油灯，但叔叔警告我，如果"南方"起火燃烧，我们将失去所有家当。我俩开始汗流浃背，伊娃则不愿进屋里来，她嫌室内温度过高。由于室内空气并不流通，铺过水泥的浓重气味弥漫了整个客厅。

"我不需要这个！"葛皮叔叔突然间发出诅咒，拍打着墙面，"这个小洞根本发挥不了作用！"

"你在跟我说话吗？"我问。

"你？我干吗跟你说话？我难道不能自言自语吗？你干吗什么都回答？"

　　在生活有了全新改变后，这是我头一次见到他如此受挫。看见他神经紧绷，不停叹气，我在一旁噤声不语。他仿佛是因为过度担心屋内财物的安危而被迫封住墙壁，却又感到万分沮丧。过了一会儿，他气恼地匆匆结束最后的工作，决定封住所有洞口，黑暗完全吞噬了整间客厅。

　　我祈祷他的怒火与我们兄妹前往加蓬的事无关。由于他不愿打开房里的窗户，我无法彻底打扫，只能在黑暗中摸索，掸去物品表面的灰尘，而"南方"是唯一擦得光鲜亮丽的东西。

　　那天傍晚，叔叔骑着车要去见大个子时，依旧不改自言自语的毛病。回家之后更一反常态，带回三个银色挂锁和一个黑色弹簧锁。他暂时将"南方"停放在屋外，要我提着煤油灯进里面的房间替他照明。他带着铁锤和钉子，将所有的窗户和后门都上了锁，从屋内封死两扇窗和门。他那串护身符上又多了几把钥匙，然后他留出多余的几把。"我配了三把钥匙，给大个子一把。"他嘴里嘟囔着说，然后扫视屋内，寻找藏匿钥匙的地方。

　　"他要来跟我们一块儿住吗？"伊娃问道。

　　"并非如此，"他说，"我跟他没那么要好。"

　　"他也算是我们的朋友啊！"伊娃兴高采烈地说，"我们每天都跟他在一起玩。"

　　叔叔找不到合适的藏匿地点，于是将钥匙带往客厅，放在一件橄榄绿灯芯绒外套的胸前口袋里。这件衣服他只有在重要场合才会穿。

那天晚上，我们好像待在烤箱里，即使脱光了全身的衣服，依旧热得没法入睡。

一旦将门窗上锁，热气就会吞噬整间屋子，就连墙壁也变得发烫。原本睡在我和墙壁之间的伊娃开始哭闹不休，叔叔让我跟她交换位置。我们汗如雨下，像是有人尿了床。纵使听得见海面传来的风声掀动着香蕉与芭蕉叶，也感觉不到凉意，就好像一个人站在河边却渴死的惨况。室内炙热难耐，三人翻来覆去。于是我们改睡在水泥地面上，只是地板仍旧像摩擦过的砂纸一样热，地面的尘土附着在我们湿热的皮肤上，根本称不上凉快。经过一番折腾之后我终于进入了梦乡，但没过多久，前一天晚上蛰伏在屋里的蚊子便开始活动，我们接连被蚊子叮醒，忍不住伸手拍打。葛皮叔叔不断地叫骂，诅咒这些看不见的暗夜宵小，并逼迫我们回床铺睡。

他几次起床到外面纳凉，我们要求随行，却遭到拒绝。理由是倘若我们能够尽早习惯屋内的不适，将来抵达加蓬后，要是遭遇一样恶劣的环境，便能够及早适应，我们的恩人也就不会责怪他让我们过得太舒服了。

"孩子，忍着点，"第二天晚上葛皮叔叔为我们洗澡降温后，这样告诫我们，"搭载你们前往加蓬的船只一样闷热难耐……你们得学会忍耐。"

屋内一角，煤油灯微弱的火光映照着我们濡湿的身体，空气中燃烧的烟雾熏痛了我们的眼睛。

"船上会比这里更加闷热？可是养父母拿给我们看的船只照片都很漂亮，看起来十分通风凉爽呀！"我说。

"那些船好漂亮的！"伊娃跟着附和。

"你们别跟我狡辩。我也不喜欢这样，可别以为我乐在其中，你们得对将来面临的状况有心理准备。记得，就算是古以色列人也有忍受沙漠之行的'上帝的选民'与惨遭蛇咬的懒人之分。所以别再跟我争辩关于房子闷热一事。我跟你们一样大时，根本不曾质疑我的父母……你们要谨记在心：别告诉任何人我们的计划。你们俩伶牙俐齿的，可不准向其他人嚼舌根！"

"我们没有嚼舌根。"我说。

叔叔迅速扯下床单，交给我。他将房间中央的桌子摆放在床上，多留点空间，然后将床单铺在地板上让我们躺在上面，说这样或许会好些。我们的身体不再沾上地面的尘土，从某方面来说，的确好多了，况且地面要比床凉爽。不过由于地板太硬，我们一样无法入睡。

"乖，孩子……现在我们来说些开心的事。"他坐在床边说，"既然热得睡不着觉，那么我们来聊聊天吧！不管怎么说，我们该高兴才是。你们到了加蓬会记得买东西送我吗？不管你们将来多有钱，可别忘了我哟！"

"我会记得买尼多奶粉和班叔叔大米还有'南方'送你，葛皮叔叔。"伊娃睡眼惺忪地说，"我还会给你钱让你娶很多老婆。"

她的童言童语逗得我们发笑。

"哦……真的吗？"叔叔说。

"是啊！"她认真地回答。

"你要让我娶几个老婆？"

"跟阿戴米牧师一样娶两个老婆……而且她们全都在NGO工作！"

"只有两个啊？"他说。

"好吧，五个！而且生一窝孩子。"

"孩子？你会替我教这些孩子认字吗？"

"加蓬的妈妈会负责训练他们。"我附和道。

叔叔端坐在床上，笑着，回味着彼此的对话。

"感谢上帝，你们俩已经表现得像是加蓬的有钱人了。"

尽管我们笑得开怀，身体却十分痛苦。我们的笑声逐渐变得微弱，像是耗尽电池的玩具。房间灯光昏暗，在屋内闷热的空气中，煤油灯微弱的火光仿佛成了炼狱的来源。

葛皮叔叔开门出去透气，他从外面锁门之前，室外的冷空气短暂地扑向我们。我拿起毛巾给伊娃和自己擦拭身体，只见叔叔慌张地进来，仿佛背后有恶魔在追他。他惴惴不安，既无法留在室内，也不能待在室外。他一把从我手中夺去毛巾擦拭自己的身体，室外的冷空气仿佛更加令他感觉燥热难耐。

"上课啰。"葛皮叔叔像校长一样突然宣布这个消息。接着，他屈身调整煤油灯灯芯，让它烧得更旺。他全身赤裸，只有腰间系着一条布巾。汗流浃背的身躯在煤油灯的映照之下油光发亮。他不再是我印象中那个个头娇小的男子，他的体重增加，胃部肌肉松弛，小腹像是怀孕的妇女般凸出来。我怀疑他这样的体形还能否爬得上椰子树。

"孩子，我们得学些新知识……坐好！"他吩咐道，打开一张折叠整齐的小字条。

"要学些什么呢？"妹妹问。

"举例来说，要前往美国的话，需要多知道些。"

"叔叔，你要教我们关于加蓬的事吗？"我急切地问。

"你们得预先知道一些事，这样移民局的人或是海军搜查你们搭乘的船只时才知道如何应付。可不能让贪腐的政府官员坏了我们的好事。"接着，他降低音量，发出恐怖的声音，两手做出惊吓状，指着我们说，"这些坏人会在海上带走像你们这样年纪的孩子！"

"真的？"我们异口同声。

"不过，你们别怕。有法子可以击败他们，你们可以向对方说明你认识大个子，这也是我给他钥匙的缘故。他是个颇有影响力的移民局官员，对属下了如指掌。"

一听见大个子的名字，我们都松了一口气。妹妹点点头，微笑着。

"他要跟我们一起去吗？"我问。

"大个子可以把他们的把戏都告诉我们。"伊娃自信满满地说。

我们似乎不再感受到室内的闷热难耐，叔叔沉默了一会儿，脖子上围着毛巾："准备好了吗？"

"准备好了。"我们坐直了身子回答，仔细盯着他的嘴。

"呃，那么跟着我复诵一遍。"他在微光中眯起眼，结结巴巴念道，"妈妈比爸爸年轻许多，是因为爸爸晚婚。"

"妈妈比爸爸年轻许多，是因为爸爸晚婚。"我们跟着复诵一遍。

"一字一句跟着念……玛丽？"

"妈妈比爸爸年轻许多，是因为爸爸晚婚。"她说。

"很好……帕斯卡尔？"

"妈妈比爸爸年轻许多，是因为他晚婚。"我说。

"不准改动任何一个字，蠢蛋！"

"妈妈比爸爸年轻许多，是因为爸爸晚婚。"我说。

"还不够好。念这一句话时，要面带笑容……就像玛丽刚才那样。"他看着伊娃，揩去她额头上的汗水，用毛巾替她扇扇风，然后继续就着火光赞扬她，"乖女孩，乖女孩。"

"跟着我做就是了。"伊娃拍拍我的肩膀说。我跟着复诵一遍，面露微笑，让两个人都感到满意。叔叔不安地拨弄着灯芯，想让火光更加明亮，我走进房里拿出一瓶五加仑装煤油。

"噢，多谢啦，孩子。"他说，"我想苦日子也该过去了。"他是指在"南方"进驻到这个家以前，我们习惯从运动水壶内倒取定量煤油，然后赶在火光熄灭前写完作业的日子。此刻，他将煤油倒进煤油槽，火焰熊熊燃烧，发出噼啪的声响。就在叔叔忙着添加煤油时，我和伊娃把手伸向煤油灯下方，攫取几滴清凉的煤油。

"好了，继续上课吧。"葛皮叔叔说，"我们住在加蓬，让蒂尔港，弗朗斯维尔街十二号。"

"我们住在加蓬，让蒂尔港，弗朗斯维尔街十二号。"我们跟着复诵。

"爸妈经营一个 NGO 小组织，'赐福地球'。"

"爸妈经营一个 NGO 小组织，'赐福地球'。"我们跟着复诵。

"NGO 组织的名称是什么呀，孩子？"

"赐福地球。"我们异口同声地说。

"家中有四个孩子……我们全都出生于让蒂尔港……几个叔叔住在贝宁和尼日利亚……我们正要前去探访他们……大伙儿保持往来，我们每年都会去探访亲戚。"

尽管屋内依旧闷热难耐，但我们仍跟着复诵句子，甚至到后来不禁打起瞌睡来。叔叔满意地宣布课程暂时结束。这些句子成了最佳催眠药物。

第二天，我们在学校显得精神不振，不仅猛打瞌睡，还不停流着鼻涕，好像患了黏膜炎。到了足球场上我仍旧反应迟缓，情绪躁动不安。足球教练亚伯拉罕先生让我和中场队员一样坐下来休息，好友们威胁要抢走我的奥科查[①]封号。足球赛结束之后，身材高大魁梧、一脸笑容、像运动选手般的亚伯拉罕先生仔细询问我精神不振的原因。他想知道葛皮叔

---

① 奥科查（Jay Jay Okocha），尼日利亚足球选手。

叔是否尽到照顾好我们的责任，以及我是否饮食正常、睡眠充足。我没有说实话，但他可不会轻言放弃。他十分照顾我，因为我是队伍里的一员大将。他还说他也会同样留意我妹妹的情况。足球教练经常面露微笑，妹妹喜欢他的一口白牙。他每天下午找来我们兄妹俩，给我们补充一些葡萄糖增强体力，我们不知道自己做了什么值得他这样费心关照。

傍晚，葛皮叔叔嚼了许多可乐果[①]驱赶睡意，这样才能监督我们的进度。他不断询问我们有关加蓬的问题，我们也对答如流。偶尔，他会体力不支昏睡过去，第二天早上，尽管他依旧昏昏欲睡，却总是气急败坏，怀疑自己昨夜怎么会睡着了。他的嘴角尚残留着可乐果的汁液，两片嘴唇红艳艳的。

有几次，我们在一早上学前无须冲凉，原因是他整晚不断拿湿毛巾为我们擦拭身体。一天，我们请假没去学校上课，因为我们浑身像起鸡皮疙瘩似的，长出一个个疹子。葛皮叔叔为我们找来当地某种异极矿白垩，将它浸在水里，然后给我们冲洗身体。我和妹妹假装是参加化装舞会的人，在屋内晃来晃去。白天，叔叔要我们尽量待在室外玩耍，他说这样有利于痊愈。然而到了傍晚，当我们需要大量新鲜且流通的空气时，他也只能无奈地叹口气，将我们锁在屋内，告诫我们，唯有知道如何承受痛苦的人，将来才会成功。

---

① 可乐树所结的果实，含咖啡因。

"'爸爸有三个弟弟，文森特、马库斯和皮埃尔；另外还有两个姐妹，塞西尔和米歇尔……'跟着我复诵一遍。"一天晚上，他继续指导我们。

"爸爸有三个弟弟，文森特、马库斯和皮埃尔；另外还有两个姐妹，塞西尔和米歇尔。"我说。

"爸爸有三个弟弟，文森特、马库斯和皮埃尔；另外还有两个姐妹，塞西尔和米歇尔。"伊娃说。

"嘿，你的爸妈从事什么样的工作？"他突然提问妹妹，来个随堂测验。

"爸妈经营一个 NGO 小组织。"她回答。

"很好。NGO 组织的名称为何？"

"赐福地球！"她说。

"乖女孩……你们俩跟着我一块儿重复……'父亲的父亲，马修，两年前过世。'"

"父亲的父亲，马修，两年前过世。"我们跟着复诵。

"'他过世时，塞西尔姑姑哭了两天……玛尔塔奶奶拒绝跟任何人说话。'"

"他过世时，塞西尔姑姑哭了两天。玛尔塔奶奶拒绝跟任何人说话。"我们跟着复诵。

"玛尔塔奶奶今年初过世，跟马修爷爷葬在一起。"

"玛尔塔奶奶今年初过世，跟马修爷爷葬在一起。"

"你们住在加蓬哪里，帕斯卡尔？"

"我们住在加蓬，让蒂尔港，弗朗斯维尔街十二号。"我说。

"很好。"

"'叔叔分别住在利伯维尔、马科库和比塔姆……'跟着说一遍。"

"叔叔分别住在利伯维尔、马科库和比塔姆。"我们跟着复诵。

"'塞西尔姑姑嫁给戴维姑夫，生下两个孩子伊夫和朱尔。'"

"塞西尔姑姑嫁给戴维姑夫，生下两个孩子伊夫和朱尔。"

"很好，休息一下。"他说。

"别休息啊！"伊娃抗议道。

"我累啦。"他说完，一屁股坐了下去，将字条扔在桌上，"长者有言，就算是吹笛手也得停下来休息。"我们抓起那张字条猛瞧，好像考试前突然发现考题一样兴奋。字条上并非叔叔的字迹。我试着将上面所说的内容念给妹妹听，但她更愿意亲眼瞧瞧那些由字母串起来的字句。我们俩在拉扯之间差点扯破字条。叔叔看见我们太靠近煤油灯，便伸出手一把抢过字条。

"去屋里端盆豆子来。"他吩咐我。

"可这豆子是要伴着小米粥一块儿吃的，而且是明天的早餐。"我说。

"秃鹰在两餐之间觅食。"妹妹哼起童谣，"这是为何它秃了脑袋，脖子长长的……"

"你才是秃鹰，我可不是。"葛皮叔叔笑着说，"好，等哥哥将加蓬食物端出来后，不准你吃。但愿这豆子不算是加蓬食物！帕斯卡尔，把东西端出来就是了。"

　　我从房里端出豆子，用旧报纸垫着锅子，以免被煤灰弄脏手。食物早已变凉，浮在上面的棕榈油好像一层棕色的冰。叔叔说到屋外生火太过冒险，于是我拿起勺子舀起和蛋糕一样扎实的食物，盛在三个盘子里。然后滤掉树薯汤的杂质，分别装在三个碗里，我加了糖、奶粉和阿华田。伊娃则加了糖、盐、奶粉还有阿华田。叔叔笑我们像是被宠坏的孩子，喝树薯汤还得加奶粉和糖。他喝得太快，没等树薯汤里面的东西完全溶于水就喝完了；我和伊娃选择慢慢享受各自的美味。等到汤头完全溶于水，我们便在里面加入更多的调味品。

　　"瞧瞧这两只加蓬秃鹰！"葛皮叔叔取笑我们，朝我们做了一个鬼脸。我们边吃边笑，好不愉快——希望从明天起每天都能这样。

　　畅快地吃了一顿之后，我们撑破了肚皮，坐都坐不直。伊娃试着躺在水泥地面上来降低身体温度，不过对她膨胀的肚皮来说，地板显然太过坚硬。我们俩只好爬上床，我侧躺着，伊娃则是平躺。我的思绪已经飞往加蓬，仿佛见到自己住在养父母的大宅院里，想象有着属于自己的房间，每天都有汽车接送上下学。我们上学有鞋子穿，回到家后，可以享用一顿妈妈做的美食。我越是想象这些画面，心情就越愉快，葛皮叔叔又朝我摆出一张鬼脸。那天晚上我一点儿都不觉得累，顷刻间，觉得自己不需要新鲜空气也能活下去，任何的苦难对我来说都不成问题。

　　"不，这件事不会击垮我的！"一天晚上，葛皮叔叔在睡梦中大声喊叫，他刚才坚持要在课程进行前先睡一会儿，"我的孩子哪儿都不去！全部不准走！"

伊娃和我正在读书，听到这儿，我俩抬起头来交换眼神。

葛皮叔叔不断地用伊贡语喊着，身体随着激动的语气摆动。伊娃张口结舌地紧抓着我，我握住她的手，把她推到身后。叔叔翻过身来，身体扭曲，仿佛正在跟一只狮子缠斗。他直到摔下了床才清醒过来，他坐直身子，急忙重新调整腰间那块布。尽管我们也汗流浃背，可他甚至全身都湿透了。他以前从未说过梦话，这回，他在梦中说的话吓坏了我们。我一时说不出什么，既害怕又困惑，双手抱胸。

"我很好，没事，"发现我们盯着他瞧，他解释道，"你们俩干吗这样看我？"

"你说了梦话。"我说。

"不是我。"他连忙否认，声音带着恼怒，"我们开始上课吧！玛丽，你干吗躲在帕斯卡尔身后，瞧着我的模样像是我说了沃洛夫语？"

"我不知道。"伊娃耸耸肩膀。

"真的？还是你今晚想偷懒不上课？"

"照常上课啊，"我说，"不过是你的噩梦吓坏她了。"

叔叔起身，伸了伸四肢。

"我的噩梦？什么梦？"他不以为意地笑了笑，叹口气说，"别怕。"

我不清楚他是否知道自己说了梦话，由于他的声音中依旧带着恼怒的情绪，我不敢继续往下问。他试着表现正常，却驱不散惊扰他的恐惧。他不断用力紧闭眼睛再使劲睁开，好赶走疲惫。接着，他开始边捏揉脸上的疤痕边甩着头，整个人表现得比养父母来访那天更加不安。我虽然感到恐惧，却故作坚强，免得吓坏妹妹。这个噩梦早该被视为一个梦想难圆的征兆。

"你还没吃东西吧？"我小声问道，将一碗食物递到他面前。

"谁说我肚子饿？"他说完后就推开碗。从床底下拿出他的杜松子酒，直接对着瓶口连灌了两大口，清了清自己的喉咙。"说不定，我也会跟你们一块儿到加蓬，"他笑了起来，"或许我该跟着过去照顾你们……噢，不，你们得学着坚强！"

"你会想念我们吗？"妹妹问道，声音听上去好像市街的公告员那样生硬。

"当然会想，"他耸耸肩膀坦言，眼睛却没看着我们。酒精清除了他声音里的怒火，他喝得越多，行为举止越显得稳定，尽管身上依旧汗流不止。"这点我倒不担心。"

伊娃走了过去，坐到他的腿上。

"我们也会想念你的，对不对，帕斯卡尔？"妹妹说。

"我们一定会想念你的。"我说，"叔叔不必担心，我们跟妈妈在一起不会有事。"

他没多说什么，只是垂着头坐在原地，他抱着伊娃，像妈妈那样拍拍她的头。伊娃坐在他的腿上，彼此间的沉默像永恒那么久。叔叔脸颊上的汗水落在妹妹身上，却没造成任何困扰。我们逐渐习惯屋内的高温与汗水，不知道叔叔会有多思念我们。此生头一回，我想到日后也将同样思念他，想念他的笑话以及他曾经对我们的照顾。

我内心一股难以言喻的罪恶感油然而生，我一心只想离开这里，简直忘恩负义。我无法直视叔叔的眼睛，他也同样无法正视我们的脸。我真希望伊娃能够说些什么或是做点什么打破沉默，但她只是一脸愁容地坐在那儿，她的缄默更加深了我内心的罪恶感。叔叔回家后，要向谁诉说工作上的事？谁会为他做饭，或是清洗碗盘？我们该如何报答他对我们的照顾？他替我们找到养父母，帮助布拉费的亲生父母治病，甚至将我们的其他手足一同送往加蓬。自从我们搬到这里后，我便想将叔叔对我们所做的一切告诉爸妈。待将来他有了自己的孩子，我答应自己，会尽自己所能奉献所有的爱给我未来的堂弟。我开始想到将来应该向养父母争取回来探望叔叔的机会。我会敦促自己每个星期给他写信，一五一十向他报告我们在当地的生活。或许，他也能够抽空来看我们。

"你可以跟我们一起走啊。"伊娃的提议稍稍减轻了我的罪恶感，"妈妈不会介意的。说不定你可以跟文森特、马库斯或是皮埃尔叔叔住在一起。"

"或是跟戴维姑夫还有塞西尔姑姑一块儿住！"我兴高采烈地说。

"我们带着'南方'一块儿去，等你在加蓬买了车之后，再卖了摩托车。"妹妹说。

"不行，我要在加蓬学骑摩托车。"我说。

"如果你不跟我们一起走也不要紧。我会买一辆雷克萨斯或是奔驰给你……还会寄很多钱给你。"

葛皮叔叔一脸遗憾地望着妹妹，将手指头浸到床边的水桶里，向我脸上洒水。"你会想念我吗，帕斯卡尔？"他开玩笑似的问我。

"当然啦，葛皮叔叔。"我点点头回答，"我要给你盖一栋跟养父母那间一样大的房子。"

"不必了，我会跟你们一起去加蓬。"

大伙儿一时语塞，三个人面面相觑，笑得眼泪直流。此刻，我们的闲聊显得十分严肃而且不真实。叔叔张嘴想说些什么，最后又打消了念头。他一把抓起桌上的酒瓶，将杜松子酒大口灌进嘴里，不管原本肚子里藏了什么话没说。

接着，他为我们各斟了一大杯酒，让我们庆祝他将一同前往加蓬。我们高兴地饮酒作乐，直到大伙儿都眼冒金星，壮大了酒胆。我整个人觉得神采奕奕，妹妹则变得比平常要聒噪，三个人的睡意全都消失无踪。

我们原以为当天晚上要继续上课，怎知他的动作变得迟缓，仿佛遭巫毒所蛊。他慢慢晃到煤油灯边，这里是他为了这趟旅程替我们做准备的地方。他拉开腰间的布巾，将它扔过桌面抛向地板。他和我们一样全身赤条条的。起初我们以为是场意外，接着我们心想，或许是喝醉了酒的关系——尽管我们以前从未见过他醉酒的模样。不过他并未拾起地面的围腰布巾，这件事令我们颇为不安。他的模样看上去很像那些窃贼，恍恍惚惚。妹妹用两只手遮住嘴，不让自己发出任何声响，她的眼睛睁得好大，眼神有些涣散。在这样尴尬的状态下，我只能盯着天花板瞧。

葛皮叔叔把水倒进水桶，开始拿毛巾擦拭自己的身体。望着他用极少量的水擦拭身体，就像看着一只骆驼横穿撒哈拉沙漠般不自在。刚才的好心情此刻烟消云散，屋内显得异常安静，只有外面的风发出的呼呼声响，还有他将毛巾在水桶里浸湿、拧干的声音。他嘴里不停叨念着，无视我们的存在。

我们俩不免害怕起来，伊娃紧紧依偎着我。叔叔的模样看上去十分痛苦，似乎无法忍受屋内的热气。不知他为何不到外面有凉爽空气的地方去透透气？难道加蓬那儿的人都赤裸着身子到处走动，或在密闭的室内睡觉？由于那地方跟这里一样热，我们才必须如此？但当我记起养父母拿来的照片里有美丽的沙滩和屋舍时，我说服自己情况不会如此糟糕。既然他决定要跟我们一起去加蓬，非得表现得如此戏剧化吗？整件事情就像是一场噩梦，我们只想尽快清醒过来。

"嘿，孩子。"他望着我们说，声音听上去有些滑稽，"我希望你们别因为见到叔叔这般模样而感到害羞。"他离开煤油灯，朝我们走来，"你们小时候在布拉费，不也曾跟爸妈一块儿洗过澡？"

"有啊。"我俩回答，目光依旧望向别处。

"那么这会儿你们干吗表现得像个胆小鬼？越过大海之后，你将变成成熟的男子汉……在船上，所有人挤得像沙丁鱼似的，你们明白吗？要是你们的姐姐安托瓦妮特也脱去衣裳，你们的小脑袋可别觉得不好意思啊！"

"她会浑身赤裸？"妹妹紧张地问。

"不可能。"我回答。

"说不定。"叔叔说，"要是真见到了，你们可别惊慌失措。"

"不会这样啦！"她说。

"你们现在跟那个姐姐是一家人了……我们不也是吗？"我和妹妹一声也不吭，只管点头，"如果见到养父母也全身赤条条，别感到羞耻。你们的养父母的确经营着一个世界组织。你们将见识到加蓬的各色人种：有白人以及各种肤色的人。这些观光客资助你们养父母的事业，你们要好好听观光客的话，跟他们一块儿去海滩或是旅馆……即使他们要带你们到欧洲，也要牢牢跟着对方。就算你们再怎么不喜欢这些人，人总是会变……"

"你不是要跟我们一起去吗？"我插嘴道，对于他刚才那番话感到十分不自在。伊娃不可置信地猛摇头。

"不管到时候会是什么情况，记得要抓住机会。别担心，这没什么大不了的……"

原本从噩梦中惊醒后就一直精神不振的他，此时突然神采奕奕。除了浑身赤裸，其他一切正常。被汗水浸湿的身体正发着光，下体毛发浓密，阴茎虚软无力地垂挂着，末端跟杧果皮一样光滑；阴茎周围的一小圈肉，宛如欧芭①脖子上戴的项链。

突然间，葛皮叔叔叉开两腿，抓起下体，好像要将生殖器朝自己浓密的阴毛抽送。

"你和我都赤裸裸的，怕什么？"他像在朗诵诗歌般自在，"你有的东西，我也有，只不过我的老二比较大，你的比较小，对不对？请回答'是的，叔叔'。"

"是的，叔叔。"我结结巴巴地回答，然后点点头。

"孩子，让我来跟你们谈谈性这件事。"他开始唱诵，像个疯子似的扭腰摆臀，"谈谈你们和我的不同。"他一只手比画成麦克风，另一只手仍旧抓着他的阴茎。他在屋内来回走动，仿佛自己在登台作秀，一会儿跳上桌子，一会儿跃下地面。直到背部擦过挂着的衣物，他转而跳起月球漫步舞蹈。突然间，他停止动作，抬高其中一条腿不动，"你们听过这首歌吗？"

"没有。"我们异口同声地回答。

"想要碰碰我这玩意儿吗？来啊，来摸摸它。"

他说完朝我们走过来。

"不，我不要！"我说，我跟妹妹两人吓得往后退。

妹妹闷不吭声，从此刻起，整个晚上她都不再开口说话，两只手捂着私处，躲在我身后。

---

① 尤鲁巴神话中的女河神。

"孩子，你们想不想抚摸自己身上那玩意儿呢？"

"不要。"我说。

我感到大腿根一阵麻痹，心跳加速，感觉不到室内的高温，尽管我发现身上的汗如雨滴般滑落。我的阴茎仿佛皱缩了起来，两颗睾丸却膨胀着。我立刻发现身体的反应跟平常和叔叔闹着玩的状态不同，心里非常害怕。

"那你想要碰白人的鸡鸡呀，玛丽？"他说。

伊娃摇摇头。

待他将目光移回我身上，我开口说："或许我们不该去加蓬……"

"住嘴，畜生！"他大骂，然后摇着头，灌下大量杜松子酒，"要不要喝点酒？"

"不要。"

"想找女人？"

"不要。"

"到了国外，可别丢我的脸哟……听见没？"

"没有。"

"没有？"

"好啦，叔叔。"

我们面面相觑，半晌，他说道："很好，至少现在你不再遮遮掩掩了。"

他笑呵呵地将围腰布巾重新系在腰间，然后坐在床沿上。

"肚子饿吗？"他问。

"不饿。"我说。

"玛丽呢？要不要来点加蓬食物，玉米片还是尼多奶粉？"

"我想要睡觉。"她小声说。

我试着说服自己，那天晚上是我喝醉了，这些事都不是真的。尽管屋内闷热难耐，但我仍然穿上短裤，背对着叔叔，双手护在两腿之间，希望入睡后紧守住身体的重要部位。妹妹则裹着床单入眠。我不敢再去想到加蓬的事，也不认为待在这里是安全的。那天晚上，家中所有家具仿佛全沾上了叔叔的体液。一想到当初决定去加蓬后，家里所添购的新物品，内心不免感到羞愧与恐惧。例如，我讨厌身上这件短裤，很想脱掉它，但那天晚上我不敢再赤裸着身体睡觉，并且开始恨起"南方"，发誓绝不再坐上它。

此生头一回，我竟同情起保罗来，真希望自己也可以像他一样呕吐，将过去几个月来吃过的山珍海味全都吐出来。不知道他和安托瓦妮特怎么样了，他们是否知道我和妹妹不知道的秘密？在探访我们之前，他俩是否已经去过加蓬了？谁负责给他们上这堂震撼的教育课呢？是大个子吗？

我不再兴奋地期待旅行他乡，但我从心底不愿将养父母与叔叔那天晚上发生的怪异行径联系到一起，我宁愿想象养父母并不知情，将他们对我们的探访当成心里莫大的安慰。虽然我已经打消了与他们同住的念头，却不愿想象他们会做出恶意伤害我们的事。第二天早上，叔叔向我们道了歉，说自己之所以做出那样夸张的行为，是为了让我们将来更好地适应异地生活，不过我却已经在心里盘算着逃跑一事，想与妹妹逃回家乡布拉费。

一天，叔叔突然提前回家。在拥有"南方"之前，每当他在边界摆了别人一道，总会早点回家避风头。他倏地跳下摩托车，冲进客厅，然后迅速锁上门，整个人靠在门后，仿佛刚挣脱了猛兽的袭击般大口喘着气。令人颇感意外的是他竟然将"南方"丢在了室外，也不搭理我们。他嘴里咕哝着要保护我们远离恶魔的攻击之类的事，同时打开窗户的锁。阵阵潮湿的海风灌进屋内，打从房子在两个星期前被整个封住后，闷热的室内头一回有了空气的吹拂。

"没错，有人要杀了我。"他两手叉腰，像是在自言自语，对擅自开窗的举动感到骄傲。接着他脱去外套，重重地坐在床上。

"叔叔，谁要杀你？"伊娃小声问道，不敢走近他。

自从那天晚上他在我们面前赤身裸体后，我们都不敢再靠近他，也很少跟他说话，他也不怎么跟我们交谈。沉默不断在我们之间发酵，房间越发显得狭小，而他的身体却趋于庞大。我们不希望他待在屋内，要是他在家的话，我们就装睡。

我坐在跟妹妹睡觉的床上试着跟他说话："叔叔，你……"

"别管我！"他警告我们，手掌抚着前额，"你们认为我疯了？"

"不，不，叔叔！"我哀求他。

"我很好……没事。"

伊娃沉默不语。此刻，她正躲在我的身后，就像意外发生的那天晚上那样。屋里灌进了新鲜空气，我们听见远处的海浪拍打着沙滩的声音。半晌，她在我耳边小声说要到外面去透透气，我握住她的手想带她离开房子时，叔叔却喝令我们坐在床上。妹妹开始啜泣。

葛皮叔叔走到外面，将"南方"推进屋内。他用力推着摩托车，样子像是警察在粗暴对待顽强反抗的罪犯。"如果要把你给卖了才能换取我的自由，"他对着"南方"说话，重重地捶着摩托车坐垫，"别以为我不敢！"

我们望着他朝一辆摩托车发飙，心想，他下一个开骂的对象可能就是我们。接着我们听见他冲进房里胡乱翻找，明显带着情绪，随手乱扔东西，看样子在奋力找些什么。出来时，手里拿着一根我们好久没见到的铁条。

他用尽力气爬上我们在客厅兼起居室摆放的那把椅子，开始在几个星期前补好土的墙壁上开凿，我们不明白他为何如此气恼。他没有移动任何东西或是请我帮忙，碎片一片片脱离墙壁，落了下来，眼看这地方就要塌了。凉风吹来，卷起一道灰尘。我开始咳嗽，他要我们滚远一点儿。

我们走到屋外的时候太阳已经西斜，正准备落入地平线以下，将清朗的天空染红一片。望着前方那条漫漫长路——人们徒步或是骑着脚踏车各自往不同的方向前去。我跟妹妹静静坐在杧果树下，面对着我们的房子。我坐在地面上，背靠着树干伸直了腿；伊娃则坐在我的腿上，头枕着我的胸膛。我俩坐在大片树荫底下，杧果叶夹杂着两种颜色，就像那辆双色外观的"南方"。部分杧果树已经开花结果，刚结的果实搭配青绿色的树叶，与发黄的老叶对比鲜明。阳光下，果实的味道清新、温暖，空气中弥漫着果香，地面四周撒着星星点点的淡绿色花粉。

"他在生'南方'的气？"屋内不再传出任何噪声后，伊娃在我耳边小声说。

"我不清楚。"我回答。

"等我们买辆车给他，他就不会再这么生气喽！"

"我们不去加蓬了！"

"不去了？"她仰起小脸望着我，"为什么？"

"难不成葛皮叔叔那天光着身子发疯乱舞的模样没吓着你？你喜欢他那么做？"

"不喜欢。可是他第二天说了对不起啊！"她气得眯起眼睛，背过身去，"好吧，那我自己跟爸妈去！"

我根本没办法跟她讲道理。

我坐在杧果树下，满脑子想的都是如何逃离这里。尽管尚未有具体计划，也不知道计划是否可行，但那天黄昏之后，我的心思全放在这上面。

我不确定是否应该回布拉费。家人或许跟伊娃一样觉得我们应该去加蓬，肯定不明白我为何改变主意，如果我说出那天叔叔的龌龊行径，有谁会相信我说的话？假如让其他兄弟知道没能去加蓬的话，难道他们不会有任何抱怨？我一想到要怎样带着伊娃一块儿逃跑就伤透脑筋。妹妹尚处在出远门的兴奋中，我要如何说服她跟我一起走？

我想过把叔叔发疯一事，还有他夜里给我们上课以及我计划逃走的事，全告诉亚伯拉罕老师。但我觉得太过丢人，因此鼓不起勇气说。他会怎么看我呢？万一让同学们知道了我们家的家丑怎么办？

我现在恨透了这间房子，真希望可以永远坐在杧果树下，不必进屋里去。前门和窗户宛如捕鼠笼一般弹开，一等猎物进笼就会立刻关上。太阳西斜，光线落在阳台阴影处，洒落在其中一扇开启的窗户上，金属窗框发出诱饵般的光芒。

"我们别跟他吵，他就不会对我们发飙，"我告诉妹妹，"我们进屋去吧。"

"我要妈妈！"

"快起来呀！"我说，将她推离我的腿。

我们俩蹑手蹑脚地来到门边，向屋内窥探。叔叔摊开四肢横躺在床上，像只被渔夫拖往岸边的大怪物。他的双眼并未完全闭合，脸颊上的疤痕仿佛一只趴在他眼睛与嘴角之间的虫子，吞噬了他幽默的本性。我们偷偷溜上床，躺好，盯着屋顶。尽管他整个下午都在干活，却只在屋顶近处凿开了几个洞。这些粗糙不堪的洞又多又丑，简直惨不忍睹，就像剪坏的发型——比补土前的情况还糟。现在四堵墙都布满长长的裂缝，仿佛叔叔在上面制造出无数的闪电裂痕。其中几处原本覆盖在泥土墙面上的灰泥崩落，露着的地方能看到里面已经发了霉。屋内弥漫着一股石头被击碎的味道。

从他目前睡着的情况来看，他绝对没有精力再去顾及整理房间的事。他起床后，没有与我们交谈，原先脸上狰狞的表情倒是舒缓了不少。近来，他时常表现出比喃喃自语更走火入魔的状态。

我为妹妹张罗晚餐，叔叔开始不吃不喝。妹妹和我默默吃着晚餐，没有交谈。叔叔却径自倒在床上，望着他凿出来的那些洞。不论情绪如何沮丧，他仿佛都能借由这些洞达到发泄的目的。他仰躺着，头枕住紧扣的双手，两肘抬起，两腿交错。这时，他酷似一具横躺着的尸体，但任何一点风吹草动都能惊扰他。

这天晚上是我们这阵子以来睡得最香甜的一次，多亏他在墙壁上凿开的那些洞。从此，我们不再恶补课程。

第二天，大个子来看我们。他唐突来访，连门也不敲。叔叔正瘫在床上。穿着轻便的大个子头发蓬乱，愁容满面。叔叔像是知道大个子会出现似的，并未起身迎接他，甚至连正眼都不看他一下。事实上，他一见到大个子出现就摊开四肢，不让对方有机会坐在床沿上。我们的访客故意不理会他，将注意力转向我们。

"嘿，我的朋友，你们今天好吗？"他说着，脸上露出灿烂的笑容，朝我们竖起大拇指。

"很好。"我们回答。

他坐在我们的床上，挤在我跟妹妹之间。

"看来叔叔把你们喂养得很好。"

他戏谑似的捏住伊娃的脸，我恨透了这个事实——他所说的都是真话。最近，我们食欲不错，两人的脸蛋丰腴不少，双颊不再凹陷，肋骨也不再清晰可见，肚子圆鼓鼓的。

"我有好消息要告诉你们哟，"大个子说，"下个星期就可以出发了。"他摩拳擦掌地为我们祷告。然后他指指叔叔，只见叔叔瞪了大个子一眼，随后移开目光。"我们差不多准备好出发啰……玛丽，你想什么时候去呢？"

"今天就出发！"她说。

"我再去跟他们说说看，聪明的小女孩！"大个子说完跟伊娃一块儿击掌，"知道如何把握时机。"

叔叔转过脸来对我们怒目而视，伊娃则是转过身来望着我，似乎想确定之前我提过不去加蓬一事。

"帕斯卡尔……今天过得怎么样？"大个子看着我说。

我假装没听见他说的话，屋里弥漫着一股诡异的静谧。

"瞧，孩子们都准备好了，"大个子欣喜若狂地对叔叔说，"你可别在这紧要关头令他们失望。现在改变主意太晚了，别这么做，对吧，玛丽？"

"是啊！"

"谁是戴维姑夫的老婆？"

"塞西尔姑姑。"

"他们有孩子吗？"

"伊夫和朱尔。"

"你们出生在加蓬哪座城市？"

"让蒂尔港。"

"太棒了！帕斯卡尔，你今天似乎特别安静。妈妈喜欢成熟懂事的你。塞西尔姑姑迫不及待想见到你……说话呀，拜托，孩子……安托瓦妮特和保罗向你们问好……你不想和妹妹一样今天就出发吗？"

我一点儿都不想跟大个子说话，听见他提起加蓬的兄弟姐妹就更加气恼。我想象他在安托瓦妮特和保罗面前裸身跳舞的模样。浑身赤裸的舞蹈算是这趟旅程出行前，最令人挥之不去的一幕。我仿佛见到大个子赤身裸体坐在我面前，心里一阵作呕。尽管当时我并不知道叔叔其实恨透了去加蓬的计划，但我因为他对大个子的冷漠态度而暗自窃喜。当然，我很清楚大个子说要当天出发的事不过是闹着玩的，但我就是没心情笑。我祈祷叔叔大声告诉大个子，让他和他的计划一块儿滚去地狱吧。

这两名男子各自将目光集中在我身上。叔叔一脸严肃、痛苦；另一张脸带着扭曲的笑容，似乎期待我有所回应，好打破眼前的僵局。我不知道该将目光投向何处。我感到喉咙沙哑，肺部像缺少了气体似的，觉得房间越缩越小。我的指尖不断扣着床垫，我试着挤出一丁点笑容来掩饰内心的感觉，但不清楚自己这张脸肯不肯合作。

"他想啊，他当然想今天就出发。"伊娃替我回答。

叔叔猛地回过头望着她，大个子开怀大笑。我再次恢复呼吸，额头冒汗。

"叔叔也喜欢加蓬，对不对？"大个子问她，仿佛故意火上浇油，要赢得这场战争。

她点点头："对呀！"

大个子开始胳肢她，妹妹笑得喘不过气来。他还说我们很快就能够在让蒂尔港的学校上学。他形容加蓬的学校就跟法国的学校一样漂亮，等我们安顿好了，很快便能够赶上学校的进度。尽管他试图对我们表示友善，不断说些好听的话，摸摸我们的头，手舞足蹈地取悦我们，但我就是觉得他哪里不对劲儿。虽然他没有穿移民局制服，但他的行为举止和养父母来访那天一样不自然。过些时候，就连伊娃也逐渐适应了他那过于夸张的兴奋感。纵使伊娃一开始如实回答大个子的问题，最后也只剩下简短的答复，仿佛要在叔叔的冷漠态度与大个子的突然造访之间，取得一个平衡。

接着，大个子笑得前仰后合，仿佛这世间突然变得滑稽。伊娃朝他笑了笑，没有发出声音。他笑弯了腰，笑声极不自然。他不停地朝伊娃扮鬼脸、吐舌头，以引起她的注意。一时间，大个子仿佛像叔叔一样扮起了小丑，而叔叔跟大个子互相调换了个性，变得一脸严肃。这真是我见过的最差劲儿的表演，我们像是两个动弹不得的观众，坐在那儿"欣赏"演出。大个子打开了收音机，拉戈巴加的歌曲在房内回响。叔叔依旧躺在原地不动，像座倾倒的雕像。

过了一会儿，大个子打了个哈欠，走过去坐在葛皮叔叔旁边。叔叔忽然坐直身子，做出一副自我保护的样子，大个子则将他的手臂绕过叔叔的脖子。

"笑一个，朋友，别把事情看得太严重！"

"我尚未做出决定。"他说，脸上的表情像石头一样紧绷，苍白的嘴唇宛如腐蚀的绝壁。

"不，快别这么说！"大个子回答，"我昨天是开玩笑的……我是说，如果你不想继续替 NGO 组织效力，也不要紧，至少别对自己太过苛刻，事情怎么说都还有回旋的余地，你依旧可以改变主意，不过希望你别仓促决定。"

叔叔望着大个子，沉默良久，说："或许，我们应该暂缓执行计划。"

"你一开始应该就不喜欢这个想法。我也是，我刚开始也不赞同这项计划。你觉得剥削了年轻人，但事实上你是在帮他们。他们到了海外会有更多机会。瞧，我们现在能够一天吃三餐，还可以买衣服、鞋子和书本，你觉得这些对他们来说是坏事吗？"

"或许。"

"你不是想打退堂鼓吧……胆小鬼？"

"告诉我有谁不怕的？"

"何苦在这时候找麻烦呢？"大个子拍拍叔叔的背，"拜托，拿出勇气好吗？"

"什么？别烦我……我不想再给他们灌输什么新课程了！"

"拜托，别这样。我们还得多教教他们如何应付海上的盘查。事情现在已到最后关头了。"

大个子抬起头望着屋顶与墙壁之间的方向，点点头，仿佛察觉到哪里不一样，欣然微笑道："我发现这间房子有变化……就连窗户也打开啦！"

"这可是我家。难不成要我闷死这两个孩子？"

"听着，如果我是你，"大个子朝我们眨眨眼睛，将叔叔拉往一旁，两人距离近到差点跌跤，"我会依照原定计划进行，好好教导这两个孩子。你可别让他俩希望破灭哦！"弹簧床垫发出吱嘎声响，两人重新找到了平衡。叔叔脸上勉为其难地挂着笑容，只是并未回答大个子的话。"葛皮呀，你不过是临阵退缩而已，"大个子起身对他说，"我们到外面去谈。"

"谈什么？"

"我有件小事要告诉你，我们到外面去谈。"

"没什么好谈的！"叔叔语气平静地说。他两只手肘放在大腿上，双手握拳，支撑着下颌。"我会把钱都还你，我利用'南方'赚了点钱，给我一点时间。"

"这件事跟钱无关，而是关系到孩子的将来，再多给你一些钱也不成问题。我们到外面去谈，记住，你现在可是我们这个地区的领路人！"

"把'南方'骑走吧，我求你了！"

"不可能，"他用力耸耸肩膀，"摩托车你留着，这辆摩托车不是坏东西，我们不会拿走你谋生的工具。你再这样想，可要毁了自己！"

大个子继续纠缠叔叔，他只好跟着对方到外面商谈。

"孩子，待在屋里，"大个子的声音里透着焦虑，"别出来。"我跟妹妹点点头。大个子替叔叔开了门，然后关上，把这儿当成了自己家。

待他俩的脚步声逐渐消失，我们冲到窗户边，透过陈旧的百叶窗偷看他们。两人走到大马路边才停下脚步。叔叔面对着我们，我们却听不见他们交谈的内容。马路背后衬着一片大海与农田，偶尔让人产生错觉——农田漂浮在海上，站在马路上谈话的人也仿佛在海上行走，就像耶稣一样。

他们两人发生了激烈的争执，都举高了双手像是要打架的样子，不过偶尔有熟人经过，他们就会受到路人突如其来的问候而停下来，面露虚伪的笑容。等熟人离开，两人急着弥补刚才浪费的时间，继续往下谈。只见叔叔不断摇着头，像是断然拒绝对方的任何提议。每次我见到叔叔脸上出现"不"的嘴形，都想为他鼓掌叫好。我开始能够预料他们的谈话结果，于是我也跟着摇摇头，默默露出"不"的嘴形。我紧靠在窗边，祈祷叔叔要坚定立场。

接着，大个子抓住叔叔的肩膀用力摇晃，晃得叔叔晕头转向，他步履蹒跚地挣脱开来，直到恢复平衡。只是他并未离开大个子，反而戳在原地。

"大个子就要打败葛皮叔叔了，"伊娃小声说，"大个子好坏，他是坏人吗？"

"我不知道。"

"大个子一定是坏人，"她的声音开始激动起来，"我不想再跟他一起跳舞了。他不能跟我们一起去加蓬，我要去跟爸爸和妈妈告状！"

"嘘，别大声嚷嚷好吗？叔叔不会轻易被打倒的。"

突然间出现四名警察，他们分别从不同方向赶来围着叔叔，像是闻到叔叔想要逃脱的气味。他们手持木棍挥舞着，腰间佩带着手枪跟警棍。所有的警察都朝叔叔大吼，大个子神情越来越激动。葛皮叔叔紧闭双唇，挺直身子站着，一副遭遇恶犬的模样。我观察了好一会儿，明白大个子决心要叔叔无论如何都得答应他的要求，却只见叔叔每过一段时间便交叉两手、猛摇头，动作温暾。每次他俩望着我们的方向，我跟妹妹就立刻蹲低身子。

眼前这个场面非比寻常，因为凭叔叔多年来偷拐抢骗的伎俩，警察从未上门找过他的麻烦。伊娃紧握住我的手，我们不知道该继续待在屋内还是冲出门，向聚集在外头看热闹、阻挡了我们视线的人群奔去。

警察试图驱散人群，但人越聚越多，所有人都好奇究竟发生了什么事。最后，大个子像来时一样倏地消失了，警察也各自朝不同方向离开了，他们突然消失的举动吓坏了围观的人群。叔叔戳在原地，一脸笑容地望着大伙儿，仿佛刚才发生的事不过是个玩笑。我跟妹妹听不见他对其他人说了什么，不过从他比画的动作以及不时发出的笑声，能看出他过去的幽默感又回来了。我松了一口气，他再次变回那个我熟悉的叔叔。人们眼见好戏不再，又几近傍晚时分，就纷纷散去，只留下叔叔一人待在马路上；他凝望着大海，朝那些跟他打招呼的人挥手。

伊娃挣脱了我的手，打开门，冲向叔叔，一路跌跌撞撞，大喊着："叔叔，叔叔！"叔叔听见伊娃的呼喊，突然转过身，张嘴准备说话，却又咽了回去，伊娃整个人怔住不动了。只见他大手一挥，将伊娃赶回屋里。伊娃哭着走回来，叔叔依旧凝望着那片海洋，还有那条朝远方绵延而去的路。

最后他垂头丧气地踩着蹒跚的步履，双手仿佛遭人铐住一般背在身后，朝家的方向走回来。他缓缓走着，似乎不怎么想要回到这个家。当天晚上，他肯定觉得面对我们比面对大个子和警察还要为难。他像个犯了大错的学生，害怕遭学校退学。

傍晚，他要我们第二天不要去学校上课。我们不敢多问，只是静静听着。

葛皮叔叔从此不在我们面前提起大个子或是加蓬。前些日子决定去加蓬后，伴随着前往异地的兴奋感，对未来抱有的美好幻想成为我们之间的话题；如今少了这些，日子顿时陷入空茫。叔叔总是一脸忧愁，待在家里不去工作。他没对我们多说些什么，甚至连下床都得经过一番挣扎。他开始滴酒不沾，不断阅读《圣经》，并向上帝祷告，却不再像以往那样邀请我们加入，宁可选择独自一人。他对于"南方"的骄傲感日渐消散，不再每天清洗它，也不再胡乱摁响喇叭，或骑着它去教堂。穿衣的风格也出现了变化，他不再穿着新外套和闪亮皮鞋，而是穿回他的拖鞋和破牛仔裤，反正就是"南方"进驻这个家以前，那些还留在家里的旧衣服。

家里头摆放的新玩意儿如今不再引起他的注意。事实上，他似乎无法容忍再走近那儿。他将摩托车完全覆盖住，就像那天我们在里屋补墙时所做的一样。连伊娃也隐约感觉到不该再谈论"南方"或是在那上面玩耍。在那些茫然无依的日子里，我们总希望叔叔能够将客厅的研钵搬出去，在另一个房间工作，使这里有更多的空气，但他从未动手。尽管叔叔整日倒卧在床，目光总是离不开研钵，却好像缺乏搬动东西的意志力或是兴致。他将精力全放在凝视我们上，并且严肃警告我们未经他的许可，不准跟任何陌生人走或是交谈。

"你们要小心！坏人会带走其他人的孩子！"距离大个子来访两天后他说。这是大个子那天来大闹一场之后，他跟我们说过的最长的一句话。我不敢有任何反应，因为我不想让他知道我内心的想法。

他买了把大砍刀藏在床底下，伸手可及。即使是去教堂，他口袋里也随时藏着一把小刀。我们待在外面玩耍时，他会跟着出来坐在土堆上，目不转睛地盯着我们瞧，如同一座雕像。每天，他会在住处附近巡逻数次，像个警卫似的到处查看。如果我们到外面的厕所去，出来时总能见到他守在门外，仿佛在欧裘塔经营公厕的管理员。要是我们不小心在厕所多待了一会儿，他就会走上前敲敲门，询问我们是否掉进了粪坑。如果有事出门，他就将我们锁在屋内。

看见他用尽各种方式保护我们，我也就不再去想逃跑的事了。我能感觉到他不允许我们受到任何伤害。我们走路去教堂时，他会紧拉着我们的手。有人问他为何不再骑摩托车了，他一律回答摩托车抛锚了。我们带着谦逊的心走进教堂，就像拥有摩托车前的日子一样。某个星期天，叔叔给阿戴米牧师拿了些钱，要求牧师特别为他祷告，当牧师逼他说出实情时，他才透露说给家里惹了点麻烦。

还记得那天午后，伊娃正在睡午觉，葛皮叔叔站着望向窗外，"我们得离开这里，柯奇帕。"他小声说。

"好，叔叔！"我说完就下床走近他。我明白他此话当真，因为他叫的竟是我的本名。叔叔似乎因为我的反应而受了惊，他立刻背对窗户在桌旁坐下，面向我。我一脸惊喜。

他像个忏悔的人那样拧着双手，寻找合适的字眼："我明白你很想去加蓬……"

"我不想去了，叔叔，真的不想！"

"放轻松，放轻松。"他安抚我的情绪，两只手做出缓和的动作，接着就紧握着我的手，我见到他难过的神情中掠过一丝紧张的笑容，"嘘，我们别把伊娃吵醒了……我不能将你和伊娃卖给其他人——像那些巴达格里贩卖奴隶的故事情节一样。我不会允许他们将你们兄妹俩带离这片海洋前往加蓬。你们若真的到了非洲内陆，一切都完了。你们将再也闻不到西非土壤的气味……上次大个子来访时，我跟他表明不想让你们离开。有钱并不代表一切……我不想失去你们，但大个子听后气急败坏。"

"我有一个疑问……"

"什么？"

"养父母知道大个子对我们做的事吗？"

"是的……他们完全知情。"

他放开我的手，将目光再次移往他处，看起来十分羞愧。他的回答给了我相当大的打击，自从那天晚上不再去想加蓬的事后，我便将心里的怒气全都转移到叔叔和大个子身上。如今真相大白，我很难接受这个事实——对我们如此友善，并且带来令人难忘的美食的夫妻竟是坏人。此刻，叔叔眼里的羞耻感抹去了心中的疑惑。这些大人让我很生气。

"那我们可以现在就离开吗？"我问。

"不……我们得趁天黑才能行动，傻瓜。"

"今晚？"我欣喜若狂地朝四周张望。

"布拉费……距离到加蓬的日子还有一个星期，我们得抛弃家当，记得别告诉妹妹这件事好吗？她一定很难理解。"

"好、好。"

"我已经告诉熟悉的朋友我们打算回布拉费的事。"

当天傍晚，由于离开一事，我有些忐忑不安，对于自身陷入的麻烦厌恶到极点，不想吃任何东西，甚至也不想喝水。我见到养父母的身影在我周围出现，风中还传来他们小声交谈的声音。我不停地向窗外张望，希望能够像吹蜡烛一样一口气吹跑太阳，或是祈求世界上下颠覆，让海水倒灌淹没一切。我向上帝祷告，求他赐给我们一个漆黑的夜。

不幸的是，当夜幕降临时，我只见到了可悲与令人失望的黑。叔叔清空水缸，并倒掉了我们的汤。我叫醒妹妹并为她更衣，她依旧半梦半醒。我们全都穿着日常的衣服，叔叔只把课本塞进背包内，将包系在摩托车的车把上，没有带很多东西。从叔叔裤子背后以及胸前凸出的口袋来看，我想他带走了所有的钱。

夜空中布满星星，皎洁的圆月低垂着，月光从密布的乌云中透出来。明亮的月光使得杧果树与周围的树木剪影幢幢，我们依旧看得见远方漆黑一片的大海，还有宛如覆盖着薄透布料的椰子树丛。叔叔将"南方"推了出来，月光在油箱上面映射出模糊的光线。尽管我恨透了当初因为前往加蓬所添购的东西，但那天晚上却祈求这辆摩托车能够载着我们安全离开。

今晚风大，夜里传来了猫头鹰的叫声，昆虫的嘈杂声与椰子树叶的婆娑声竟同时消失了。突然间，风似乎停止了吹拂，接着又刮了起来，把所有的树都吹向同一边，吹得不成样子。一棵椰子树应声折断，夜里的生物顷刻间止住了叫声。

叔叔拿起大锁与链锁将大门锁上。他不让伊娃坐在她平时坐的油箱位置，因为她尚未完全清醒，我们将她夹在叔叔和我中间。我和妹妹的脚同时踩在搁脚处，空间很小。叔叔没有像往常那样发动摩托车，我想起所多玛与蛾摩拉城的逃难者，不想回头，只想往前看。① 摩托车的车头灯昏暗，一路上坑坑洼洼，我们只好缓缓骑着摩托车。摩托车呼呼的声音打破了夜晚的寂静，那声音稳稳的，带给人一些安慰。叔叔对这条路再熟悉不过了，这是他每天必经之路，因此毫不费力地就能躲过路面上的坑。马路带着我们驶离大海，驶近附近聚集的破落房子。月光下，这些房子仿佛无人居住，堆放在屋前的长餐桌和摊位是村民们白天做生意的地方，这会儿空荡荡的，仿佛一到夜晚就成了史前动物骸骨。

过了一会儿，我回过头去张望，发现身后有两个光点跟着我们。虽然距离遥远，却看得出来光源正朝向这条路而来，像是两个孩子在玩手电筒。叔叔望了望后视镜，又望向前方，摩托车因此摇摆不定。待他稳住"南方"后，便开始加速。

---

① 所多玛与蛾摩拉为罪恶之城，耶和华从天上降下硫黄与火欲毁灭这两座大城，唯罗得一家人受到拯救，然而罗得的妻子因惦念所多玛城，回头张望，因而变成一根盐柱。

"我们骑快点。"妹妹大喊，这下子她完全清醒了。

"你没见到路况不良吗？"叔叔说，"有点耐心，等到了科托努维达路会好些。"

"我们要去哪里？"妹妹问。

"回家。"我回答。

"布拉费？"她笑呵呵地说，想瞧瞧我脸上的表情，却办不到，因为座位太拥挤。

我们骑过小镇，部分店家尚未打烊，人影零星可见。空气中传来烧焦的烤肉味道，小镇尽头的路边生起了营火，破坏了月光的美丽。抵达那儿后，我才发现火光源自一家小饭馆，堆放的轮胎正熊熊燃烧。火堆上方烤着山羊肉，两名体格壮硕的家伙只穿着内裤，汗流浃背地拿着长棍拨旺火堆，转动烧烤的羊肉。

"帕斯卡尔，你带了我的东西没？"伊娃大声呼喊，"我想给爸妈还有爷爷奶奶瞧瞧我的新书……"

"你的书都在这里，"叔叔拍拍背包，大声回应道，"到了布拉费，我再给你们买新衣服。"

"真的吗？"

"是啊！"

我回过头去张望，发现那两个光源越来越近，根据上下跳动的光点判断，这两个骑托车的人显然不在意路面坑洼不平。叔叔加速骑着摩托车，对方在后紧追。

此时，他们分别往不同方向开去。我害怕极了，紧贴着妹妹。我不断回头看，每次眼睛都被车灯照得睁不开，而且肚子里不断翻搅着，急得想尿尿。我想象着身后有许多大个子正在追捕我们。

叔叔不停赶路，没有说话。行驶在右边的摩托车越来越接近我们，叔叔加速前进，不过另一头骑摩托车的人更加凶狠，直想超我们的车、阻挡我们的去路，叔叔巧妙地避开对方，这辆摩托车差点擦撞到我们的后车牌，我们被迫减速。那两辆摩托车后座分别载着一名乘客。

其中一辆摩托车越过我们，将叔叔挤出平缓的路面，害得我们不断行驶在坑上。

"快停下来……别让我们逮到你们！"摩托车后座的乘客大声嚷嚷。

我们开始减速。

"好，我停下，"叔叔说完，一只脚跨在地上，摩托车在路边轰隆作响，保持引擎空转。"拜托，别伤害我们。"他向对方求饶。

"真是可耻！"摩托车上的乘客隔着马路大喊，自信满满地缓步下了摩托车，前方骑摩托车的人并未将引擎熄火。"干吗逃跑？"男子咆哮着，接着从口袋里取出手机，向电话另一头的人报告情况已经控制住。然后转身对叔叔说："你难道不知道我们在监视你？你难道不知道事到如今已毫无挽回的余地？"

"我很抱歉！"叔叔回答。

"抱歉？把车灯关了，笨蛋！"另一辆摩托车上的人命令他，叔叔照办了。我迅速转过身去看，觉得那声音听起来很熟悉，却看不清对方的脸。

这条笔直延伸的马路两旁长满了高高的草丛，形成海岸边裸露的丛林。左边草丛遮掩住月光，在马路右侧方向投射出一道朦胧的阴影，此外，所有景致都沐浴在月光下。

叔叔小声对我们说："别下车，听见没？"

"听到了。"我们小声回应。

"记得抓牢了。"

两辆摩托车上的人急于抓到我们，忘了直接骑车过来，反而全跳下车朝我们奔来。几名大汉摸黑往我们的方向走过来时，我的眼睛依旧直盯着对方的车头灯，光线照得我睁不开眼。突然间，叔叔猛踩油门，摩托车火速发动。我甚至感觉到背后有只手几乎就要抓住我了，随后又缩了回去。摩托车马力全开，加速飞驰。

他们全都在我们身后不远处，跟家中两张床之间的距离一样近。我强烈感觉到我的背成了他们最近的攻击目标，于是不断往妹妹身上靠，紧紧抓住摩托车。我整个身子僵住了，一阵强风吹过来灌进我的衣服，就像上百只手指尝试抓住我一样。我感到背部一阵温热，仿佛对方的车灯要烤焦我的身体。

我们暂时甩开他们一小段距离，叔叔压低身体，头部前倾，好似一只向前狂奔的狗。我们骑的是新摩托车，因此每次开过路面的坑，都好像两面铙钹相互撞击，却只发出闷闷的声响。妹妹将她的右脸颊紧贴在叔叔背后，像在聆听他的心跳。我依偎着伊娃，两只手紧紧搂住叔叔的肚子，这样当摩托车开过最深的坑或是撞击路面高高突起的颠簸路障时，我才不至于摔下车。

就在此时，摩托车正要驶过一个大坑，叔叔大喊着："抓紧了！"强风令他的声音断断续续。摩托车一阵颠簸，上下震荡，不过我们都抓牢了，"你们还好吗？"叔叔问。

"没事。"我回答，尽管掉了右脚的拖鞋。

我和妹妹重新调整坐姿。少了拖鞋的脚似乎更有抓地力。我的手指出了汗，所以要更加紧紧抱住叔叔的肚子；我的下巴贴在伊娃的头顶，感觉到背后的车头灯不再逼近我。就在我试图甩开另外一只脚上的拖鞋时，却失去重心，左脚悬了空，我想重新找到平衡，却办不到。我的挣扎让摩托车歪向一边，叔叔将身体倒向反方向停住，试图保持车身平衡。

"我们要摔了！"伊娃大喊，宛如大梦一场。

我的手松开叔叔的肚子，只能一边抓着妹妹，一边发出羊叫般颤抖的声音。我的膝盖碰触地面，整辆摩托车翻倒在地。

等反应过来的时候，我只感觉到了头疼——我整张脸贴在地面，身体趴倒在路上，整个头埋进草堆里。我的膝盖流着血，所幸只擦破了点皮。伊娃站在树丛中大叫，其中一名男子抓住她的手腕，伊娃奋力挣脱，另外三名男子则拿着棍棒朝叔叔身上猛打。叔叔受不了猛烈攻击，从摩托车上摔了下来。他的两只手护住头，身子几乎蜷缩成一团，他翻滚扭动着身体，忍受对方的攻击，并未发出任何哀号，除了偶尔几次呻吟。伊娃和我吓得大哭起来。

我是最后一个遭到围捕的，其中一人用粗糙不堪的大手反抓我的两只手。我并没有反抗，只希望他们别伤害叔叔。

"如果你们再大叫，我们就杀了这个骗子！"其中一名男子警告我们。

"求求你们别杀他！"我哭着说。

"你们这两个孩子以为翘课可以不必通知其他人吗？"有个熟悉的声音在我身后说。

是亚伯拉罕老师，我的足球教练。我转过头去直直盯着他的脸。月光下，他的脸上依旧带着笑容，一口白牙闪闪发亮。他身穿T恤和田径服，跟在球场上的穿着一样。

我难掩内心的失望。记得我跟妹妹睡眠不足的第二天，精神不振地到学校上课时，他还拿葡萄糖给我们补充体力。我发现这一切早就串通好了，感到自己受骗上当了。

"求求你，先生，别杀他！"我恳求亚伯拉罕先生，伊娃在一旁仍止不住哭泣，"我们不会再逃跑了！"

"真的？"他说。

"我们会乖乖去加蓬的，我保证！"

"那还用说。"

"先生，到了加蓬，我们愿意做任何事。"

"或许你应该先让这个小妹妹住嘴。"

"伊娃，他们不会杀了叔叔，"我向她解释，赶紧挣脱其中一只手好捂住她的嘴，但她都不看我一眼，直直盯着叔叔。"他没死，"我说，"没事。"

我在跟妹妹说话时，葛皮叔叔尝试起身，却被推了回去。他们不许我们接近叔叔。他满脸是血，其中一只眼睛肿了起来，衣服全破了；口袋里的东西被洗劫一空，塞发与奈拉纸币撒得到处都是，宛如在圣坛前撒钱作为捐献。其中一名男子正烦躁不安地拨打电话，电话却怎么都打不通，只听见他咒骂着。

这些人准备驱车离去，他们拾起地上的钱，将摩托车掉头，往我们来时的方向开去。两名男子将叔叔五花大绑按在其中一辆摩托车上，我跟伊娃则和另外两名男子共乘一辆摩托车，准备前往那个我们以为成功逃脱的家。

回家后，四周依旧一片漆黑。亚伯拉罕先生从叔叔的脖子上取下一串钥匙，打开门，把我们推了进去，将叔叔扔在地上不管。

"不准你再跟孩子说话！"足球教练命令道，叔叔这时扭曲着身体倒卧在地，根本爬不起来。他们不准我们碰他，我们跟孤儿似的坐在床沿上，另外两名男子拿着手电筒在房间里东翻西找，其他人则在屋外查看。我们看不清楚叔叔的伤势，只好伸长了耳朵聆听他沉重的呼吸声。

这些人搜完这个地方之后，将房子弄得大变样——他们移走了我们的床铺和几箱衣物。

"进去！"亚伯拉罕先生发号施令的时候并未看着我们，"你们留在这里等候进一步通知，我们其中一人会在这里留守，确保不会再有人逃走。"

"是的，先生，"我说，"我们不会再令你们失望的。"

"葛皮叔叔，葛皮叔叔！"妹妹拼了命地大喊，指着躺在地上的躯体，我赶紧将她拉进房间。

"小个子，"老师说，"如果你表现好，他就不会有事。"

"请你转告大个子，说我们很抱歉，"我说，"还有代我们向华格尼佛先生和夫人道歉。"

"我想他们听见这番话会很高兴，"他说，"背叛朋友不会有好下场，只会处境悲惨。"

他将我们锁在房间里，这儿比我们想的还要暗。我们感到十分不安，不知所措，因为他们四处搬移东西。我总觉得自己要撞上什么，一只手紧抓住伊娃的衣服一角，不让她离开我，另一只手则抚着受伤的膝盖。我们待在门边聆听叔叔的动静，此刻，我们听见屋外摩托车发动离去的声响，引擎的嘈杂声暂时淹没了叔叔的呼吸声。

我们听见前门关上的声音，脚步声则离我们的房间越来越近。我们连忙向后退——忽然我撞到其他东西，在黑暗中找不着伊娃了。我紧贴着墙蹲低身体，躺在一堆水泥袋上，真希望能融化在其中。

接着我听见一串钥匙声响，房门开启，透进了光线，新鲜空气也瞬间灌注进来。

我望见门口站着一名男子，他的身影阻挡了原先照进来的一丝光线。男子身材魁梧，并不打算进到房内。从他两只手摆放的位置，我能看出他手里拎着东西。在不确定他有何打算的情况下，我四处查看，想要找寻妹妹的踪影。

"你们人呢？"他大喊，声音充满恫吓的意味。我缄默不语。"别跟我开玩笑，我先警告你们！"

"我在这……里。"我结结巴巴地说，起身站在我和他之间的床边。

"来，拿去，"他说，"你人究竟在哪儿？"

"抱歉，我在这里。"

"你一定要跟我合作，听见没？"

我越过床铺一步，感觉自己在往他的方向移动，伸长了脖子想窥探叔叔的情况，却徒劳无功。

"吃吧……这是你的食物。"他说完后，将一盒沉重、温热的东西递给我。

"谢谢。"我接过两个塑胶盒。

"给你们的所有食物都得吃完……"

"是的，先生。我们会吃完。"

"乖孩子。"他说。我的敷衍了事竟惹得他心情大好，"如果你表现好的话，我会让你好过点；如果表现不好，你自己看着办。我不喜欢扮坏人，我自己也身为人父，我也有孩子。我不愿卖掉其他人的小孩，只不过是听命行事。"

盒里的食物还热热的，由于盖子封得很紧，我闻不出是什么味道。我将食物放在床上，转过身去面对这个高个子。

"叔叔情况如何了？"我问。

"我也给他拿了吃的。"

"能不能让我们喂他吃，他太虚弱了。"

"不行，现在先别急着管他……想小便的话就用这个。"他给我拿了个东西，"小心，里面已经装了水。"

"上帝保佑你，先生！"我说完，从他手中接过东西。那个大塑胶桶里装了四分之一的水，盖子上方有一沓旧报纸。

"小心使用啊，"他大笑，"记得在桶里铺上旧报纸。我明天再来给你们换桶。"

"好的，先生。"

"目前看来情况不错。你很听话，老成的孩子。我不管他们是不是要把你给卖了，就像我刚才跟你说的，我不过是听命行事。"

"谢谢你，先生。"

"你很勇敢，跟你叔叔一样有勇气。如果你表现好，我会好好待你，你知道的……你妹妹去哪儿了？"

"伊娃！"我大喊，环顾四周，只见房里漆黑一片。"或许她睡着了。"我撒谎道。

"睡着了？伊娃！"他喊道，声音大如洪钟，"你在哪儿啊？"

屋里安静无声。

"我跟你说过她睡着啦，"我说，"她累坏了。"

"呃，确保她待会儿会吃光食物，"他神情愉悦地说，"我晚点再来看你们。相信我，你们的叔叔不会有事。"

他转身走出房间，关上门，从客厅那侧上了锁。我内心里一部分恐惧随着他的离去而消散了。我仔细听着他的脚步声，接着便听见他躺在床上，身体的重量压在弹簧床垫上发出吱嘎声响。

尽管今天晚上情况不如预期，糟糕极了，不过成功让这名看守人以为我会跟他合作令我感到一些安慰。我在心里感谢他对我们哪怕一丝一毫的善意，突然感到事情在我的控制之下或许会出现意外发展。也许我们表现好，这名男子会让我们到客厅去看看叔叔，甚至他会打开窗户，或者至少留个门缝。我开始天马行空地想象"如果我们表现好"，或许好运自会降临。我不再去想回布拉费的事，眼下只想取悦这名男子，盼望着叔叔尽快康复。

男子离开后，我希望伊娃别再恶作剧，快点出来，却没听见任何动静。我在黑暗中小声叫她，回应我的却是一片静默。我站在原地，缓缓转了一个圈，就是不见她的人影，每次我试图迈开步子找她，都会绊到东西。

我试着利用手脚去感觉房间内的物品位置。我把膝盖靠在角落的研钵上休息，然后伸长了手再缓缓向内合拢，希望能够抓到伊娃，却只抱住了自己，根本不见她的踪影。我转而试试下一个角落，在黑暗中，我的大腿撞翻了一只锅，我想尽力抓住它，一咬牙，用臀部挤住，幸好锅子并未落地。就算不借着灯光，我也清楚地知道自己现在浑身沾满了煤灰。我在地面找了空间摆放锅子，将锅子翻过来缓缓放下，才不至于意外踩进锅子里。"伊娃，伊娃。"我小声喊道，依旧得不到任何回应。我朝刚才靠着的水泥袋方向走去，但她并不在那里。

　　我在床上坐下来，着急得不知如何是好，我多想呼喊她的名字。我拿起盛装食物的容器放在床脚，却一点儿胃口也没有。我蜷起身子，把头埋进枕头，试着进入梦乡。

　　但我只是翻来覆去，耳边不断传来叔叔的呻吟声。接着，我听见有人悄悄在屋外行走的脚步声。我坐起身子，伸长耳朵倾听。轻缓的步伐听起来不可能是这名看守男子，我也十分确定这不是妹妹的脚步声——她不会有机会溜出去。我怀疑看守人不止一人。我的注意力并未停留在外面过久，突然想起床底下还没找。

　　于是我慢慢起身，蹑手蹑脚地朝靠近客厅那扇门边走去，想给她一个惊喜。我转过身去，在地上躺下来伸展四肢，接着钻进床底下，避免碰到受伤的膝盖，也不让她有机会躲开我。我从另一边床下钻出来的时候，整个人压在一堆旧的遮雨篷帆布上。等我再次站起身时，内心突然燃起一丝希望，伊娃或许躲在这堆帆布上头，在拉扯帆布的时候，我小心翼翼地用手指在表面来回摸索，尽量使自己的手不被锐利的边缘划伤，最终却只发现摆放餐具的篮子和叔叔跟我补土时使用过的工具，还有几箱衣服。

我不禁有些失望，靠在我和她最后相处的门边——在那之后我们各自藏匿。我想象着伊娃的眼睛在房间的各个地方，心里多么期望她能出来嘲笑我，这是我此生第一次不知道伊娃在何方，少了她在身旁，我感到有些失落。前一刻还担心叔叔安危的心情顿时消失无踪——至少他还有呼吸。泪水从我的脸颊滑落，我多么渴望房间里出现一道光，助我在黑暗中找寻她的踪影。

"伊娃！伊娃！"我最后大声喊了出来，忍不住用力跺脚。

"我在这里啦！"她极度恐惧地说。

"里面怎么回事？"看守人的声音从另外一个房间传来。

"噢，没事，先生。"我回答，妹妹的声音让我长出了一口气，接着我板起脸问她："你在哪儿？"

我离开门边朝右边角落的方向走去，一不小心又踢到了塑胶箱子，然后停了下来。伊娃安然无恙的声音令我高兴得忘却了痛楚。

"没事？"看守人问，"你在跟我说话吗？"

"不是啦，我在跟伊娃说话。"我笑了出来。

"不过是想确定你没受伤……我要睡了。"

"抱歉打扰你了，先生。"

我爬上木箱，走近角落仔细听。我伸手碰到一个塑胶大水桶，高度跟我的胸口差不多，宽度比我伸长的手臂还要宽。我心想她应该站在盖子顶端，紧靠着墙。于是我敲敲水桶边缘，小声说："快点下来啊！"

结果水桶盖子弹了开来，我赶紧接住，不让它发出声音。原来她一直躲在大水桶内。"我在这里。"她小声说，然后站了起来。

"快出来好吗？"

我试着把她拉出来，她却推开我的手："你别管我，你跟他们是一伙儿的。"

"我？"

"没错！"

"不，我才没有！"

"你是！"

"嘘！"

"别想骗我！你刚才还跟他有说有笑……你跟他们一样！你和叔叔没跟我说要把我卖了！你不再是我的哥哥了！"

"拜托你先出来。"我说完转过身去背对她，身体靠着大水桶，"你先爬出来，我待会儿再跟你解释。你一定得出来，这样他开了门见到我们才不会怀疑。否则……"

"我不想见到任何人。"

我往后一退，保持安静——我一时语塞，也害怕吵醒看守人。在伸手不见五指的房间里跟妹妹起争执，就像在跟一个看不清长相的敌人争吵，心里要随时提防着对方发动攻击。为了看清她的脸，我愿意以任何东西作为交换条件。或许我的眼泪可以使她相信我的清白。此刻，她情绪激动得连呼吸都急促起来。

"如果你不肯合作，他们就会把叔叔给杀了。"我继续往下说。

"他们才不会，他和他们是同伙，你也一样。别来烦我！"

"不吃点东西吗？"

"不吃！"

我说服不了她，只好诉诸暴力。她却蹲低身子坐在水桶里，双手紧抱住双膝，耸高了肩膀到耳朵的位置，不让我有机会抓住她。我把手伸进去胳肢她，缓和她的强硬态度。接着，我听见她张大了嘴，她用牙齿咬住我的手腕，却不敢真的咬下去。她开始咯咯笑了起来，响亮的笑声闷在身体里，仿佛在嘲笑我，或者在嘲笑全世界贩卖孩童的人贩子。我离开妹妹，回到床上躺下，进入了梦乡。

我醒来的时候感到头痛欲裂，饥肠辘辘。我伸伸懒腰，打了个哈欠，惊讶地发现伊娃正躺在我身边呼呼大睡。葛皮叔叔的呻吟缓和了不少。我感到膝盖已经肿了起来。

我走到尿桶旁，谨慎地在靠近桶边的位置撒尿，以免声音过大。接着我打开盛装食物的盒子，双手拿起食物囫囵地吃了起来。里面有作为早餐的阿卡拉①、豆子蛋糕、小米粥和帕普②。放在小米粥上方的一块块阿卡拉早已变得冰凉且潮湿，盒内的水蒸气凝结成水。由于

---

① 阿卡拉，西非盛行的食物，以土豆泥混合面团油炸成球状物。
② 帕普，以磨碎的玉米粉或是混合其他谷类熬煮的粥状食物。

口渴，我举高盒子靠着嘴巴，缓缓将里面的水滴在舌头上。我迅速咀嚼阿卡拉，嘴里塞满冷了的炸过的油脂。吃到最后一块阿卡拉时，我注意到容器内有个小塑料袋，我打开袋子，发现里面有四颗方糖，我想这是搭配小米粥吃的，不过小米粥已经结块，没法加方糖进去。于是我将其中一块方糖放进嘴里用力咬碎，然后吃下一大块小米粥。

吃完东西后头痛感消失了，不过我还不满足，嘴巴干得要命，真想连伊娃那份食物也一起吃掉。等我放下手中的空容器后，竟意外发现还有其他容器，这让人兴奋极了。多了两个容器和两瓶水——我立刻明白，男子在我俩睡着时进来过。我迅速抓起水瓶喝水，将水咕咚咕咚地灌进嘴里。

"是谁喝水喝得这样急？"在客厅的男子问道，"别呛着了，是你吗，小男孩？"

我顿了顿，然后说："是的，先生。"

"你干吗要妹妹睡在水桶里？"

"不是我要她进去的。"

"那还会是谁？可别跟我耍花招哦！"

"我发誓不是我要她去那儿的。"

"听着，明天我们要送你们的叔叔去医院，他发了高烧。你得警告小女孩别再睡在桶里。我们可不希望又多一名高烧病号……你怎么没吃早餐？当心晚餐没的吃。"

"我吃过了……食物很美味。谢谢。"

"快吃完你的早餐和午餐，你妹妹也一定要吃。否则，我就用加蓬的事来威胁她。"

"是的，先生。"

我这会儿才发现此刻已是傍晚，是这名男子将伊娃抱上床睡觉的。我一口气喝光了水瓶内的水，拿出食物，摇醒妹妹。

她爬下床，消失在黑暗中，结果被绊倒，重重跌了一跤。她的尖叫声划破了寂静，宛如天际一道闪电，我循声知道了她在什么位置。男子迅速冲进来，一脸愠怒，他拿起大手电筒朝屋内扫射一遍。伊娃吓得噤声不语，连忙躲在我身后，不过男子却抓住了她的衣服。

"这是干什么！"他问，把她抓上床，"安静坐好！听懂没？乖乖住嘴！"

"是的，先生。"伊娃坐了下来。

"快吃你的东西！"他命令道。

手电筒靠近伊娃的脸。她闭上眼睛，护住头，以为自己要挨打。她的手肘有一道干了的血迹，我猜那是刚才摔倒时造成的。

"快吃呀！"男子大吼。

"伊娃，我求你快吃！"我说，替她打开通心粉和炖肉。

"别喂她！"男子警告我，然后转过身去看着她，"哥哥有没有告诉你不准睡在那个桶里？"妹妹点点头。"回答我！"

"对不起。"

"你再睡在那个桶里，又不好好吃东西的话，当心我今天就宰了你！"

"我求你，别杀她！"叔叔的声音突然从客厅传来，他的声音虚弱且含混不清。听见叔叔的声音，我大感安慰。

"安静，安静，没用的家伙！"男子责备他道，"不准你跟他们说话！"

伊娃浑身发颤，边哭边狼吞虎咽地吃着。她两手并用地猛塞食物，吸吮着炖肉的汤汁。食物丝毫没有经过咀嚼便被慌忙吞进肚里，她的嘴角沾满油脂，裙子前面也脏了。男子心满意足地点点头，离开了房间。

伊娃忙着吞咽食物时，我拿起水瓶，为她洗去手肘上的血，并用床单擦去血渍。她吃完后还想再吃，于是我把自己这份通心粉和炖肉给她，她依旧狼吞虎咽。我真怕食物噎着她，让她慢点吃，但她不听劝。我分不清究竟是她害怕男子还盯着她瞧，还是男子的威吓面孔吓着她了，才激起她无法餍足的饥饿感。

她一吃完就要上厕所。我带她走到尿桶边，没多久她的大号臭味就充斥了整个房间。等她上完大号后，我撕了一大张报纸，弄皱，让她擦屁股。

我把她那份阿卡拉和小米粥递给她，不过她却说自己吃饱了，于是我立即吃光了它们。

"醒醒，醒醒！"第二天早上，看守的男子在我们耳边叫喊，"你们俩真能睡。"

我两只手阻挡着手电筒的光线，慢慢站起身。他跟我们说叔叔已经住进医院了，然后把带来的一壶水放在地上。他放下手电筒，手电筒的灯光大片地照射在屋顶上，呈一个 V 字形。他身穿一件当地的长袖衬衫，蓝色衬衫上印有鲜艳的红色花朵。他的身材高大魁梧，跟大个子一样高，但比他更加壮硕。他留着一头蓬乱头发，颜色跟养父的一样黝黑。紧身长裤更加凸显了他的壮硕身材，他的大腿肌肉突出，酷似本地的摔跤选手。他远离灯光，朝我们的床边走来，靠在帆布上。

光线照进来，我才发现房间比印象中的还要狭小，窗户和门上的银色挂锁闪闪发亮。

"睡在桶里的老鼠？"他嘲笑伊娃。

"是，我喜欢食物。"

"你的加蓬名字叫什么？"

"我？"妹妹狐疑地问道，转过脸看着我。

"玛丽。"我替她回答，"我叫帕斯卡尔，她叫玛丽。"

"你们是好孩子，如果乖乖听话的话，我保证不会为难你们，好吗？"

"一言为定。"我说。

不一会儿他已满身大汗，开始解开漂亮衬衫的扣子，朝胸口扇了两次风，两手不断擦拭眉间的汗珠。我以为他会想喝他带来的水，让自己凉爽些，他却没去碰水壶，反而起身绕着房间打转，像学校老师在教室里到处走动那样。我和妹妹交换眼神，为接受另一次震撼教育做好准备。

我的双眼已经完全适应了漆黑的房间以及突如其来的灯光，光线似蝴蝶般盘旋在他衬衫的花朵上，在九重葛植物间舞蹈。他在漆黑的房里走动，衬衫上面的花朵暗淡了许多，我希望他重回灯光下。

"叔叔和大个子给你们上课了吗？"他转过身说。

"是的，先生。"我俩回答。

"玛丽，你在加蓬有几个叔叔和姑姑？"

"我有三个叔叔和两个姑姑。"她说。

"名字？"

"文森特、马库斯和皮埃尔，还有塞西尔和米歇尔。"

"很好，乖女孩……帕斯卡尔，谈谈你的祖父。"

"我的祖父两年前过世，"我回答，"塞西尔姑姑哭了两天。玛尔塔祖母拒绝跟任何人说话……"

"太棒了，孩子，太棒了！"他说，"现在我要教你们学新的课程！"

他停顿了一会儿，满心期待地望着我们。

"好的，先生。"我们异口同声地回答。

"我们差不多准备好乘船出发了，"他说，"你们的叔叔也把你们教得很好——我待在这里热得半死，你们却耐得住这里的高温。此时只有上帝才知道你们那个不中用的叔叔为何突然感到恐惧，半途而废。"他从口袋里拿出一张纸，仔细研读内容，然后说，"别管啦……

跟着我重复一遍：我们被有爱心的船员从海上救起……"

"我们被有爱心的船员从海上救起。"我们跟着念。

"我们的人数还要更多，不过有些人已经淹死了。"

"我们的人数还要更多，不过有些人已经淹死了。"

"我们落入海中，有许多人因此死了。"

"我们落入海中，有许多人因此死了。"

"我们在海面漂流了三天，船员救起奄奄一息的我们。"

"我们在海面漂流了三天，船员救起奄奄一息的我们。"

"船难发生前，我们正要搭船前往科特迪瓦。"

"船难发生前，我们正要搭船前往科特迪瓦。"

他心满意足地要我起身去给他拿两个杯子。我走到餐篮旁拿出两个杯子。

"我们来做些有趣的事，"他说，"这里不过是盐水，不必害怕。准备好了吗？"

"准备好了。"我们回答。

他小心翼翼地将壶里的水倒进杯子里，分别在两个杯子里啜饮一小口水，然后舔舔舌头，像是喝到了异常美味的饮品。他将杯子交给我俩，然后我们喝下了这咸咸的东西。

"在海面航行本来就会遇到许多状况……这么做是为了应对船上的饮用水用尽的情况……至少，你们可以多活一天。"

"是的，先生。"

"还有，万一你们被丢下船……"

"丢下船？"我一脸惊恐地说。

"只是暂时的……或许他们会给你们救生衣或者是大木板让你们沿着船边的海水漂流。倘若真遇上海军——那些邪恶的政府官员会在夜间的海上突击检查，以防万一，我们的船员早已将厚木板绑在船边，所以你们不必害怕。只不过为了应付搜查，暂时将你们藏在海里。你们不会沉到水里……我们可不愿冒任何风险。"

"有周全的准备就好。"我说。

"未来几天里你们每天要喝两次盐水，我会另外带饮用水和食物给你们，好吗？"

"好的，先生。"

他正准备离开房间，却停了下来："噢，对了，有了新的计划。这三天里，我们会带其他孩子跟你们一起，所以会清空这个房间，我们需要大一点的空间。你们可以教教他们怎样做个听话的孩子。"

"是的，先生。"

"有问题吗？或者有任何需要吗？"

伊娃跟我交换眼神。

"请问你认识安托瓦妮特和保罗吗？"我说，"他们也会到这儿来吗？"

"他们是叔叔答应大个子的孩子吗？"他兴奋地问，望着我们的脸，"快告诉我！"

"不是。"我说，庆幸叔叔改变了心意，没把其他兄弟牵扯进这件醒龊事。

"那么他们是谁？"他问。

"大个子认识他们，"伊娃说，"爸爸妈妈很久以前带他们到我们家来过。"

男子叹了一口气，失望地说："嗯，如果大个子认识他们，相信我，他们肯定已经到了加蓬……不，你们并不认识到这里来的人……不过他们都是好孩子……急着去旅行的孩子。"

"那么我们何时出发？"我问。

"等这群孩子到达后，你们一块儿走。"

"葛皮叔叔呢？"妹妹问道。

"葛皮叔叔？"男子一脸困惑，他不知道我们说的是谁，"他怎么样？"

"我们离开前会再见到他吗？"我问。

"噢，我明天会转告你们叔叔的情况。"他说。在我看清他的脸之前，他迅速关掉手电筒，接着便离开了房间。

到了深夜，我依旧翻来覆去睡不着。屋外安静无声，静悄悄的。不知道男子明天会带给我们什么样的消息，不知道叔叔在医院恢复得如何，倘若他因我们这趟远行而感到愧疚，我会让他别放在心上。如今，我才明白他之所以将里面的房间封住，是为了在送孩子到加蓬前，暂时使他们能够被关在这里。我还记得大个子骑着"南方"来的那天，看着我们的房子，同时嘴里说道这地方还不错。现在我才恍然大悟，叔叔和大个子早就计划好用遮雨帆布与水泥，将此处封闭成一个大型的人口储藏室。

当天晚上，我被突如其来的摩托车声响惊醒。有人骑着摩托车到这里来，急促的脚步声在接近屋舍时越来越清晰，看样子是往房子后方去。我缓缓起身，望着一片漆黑的房间，接着走到窗边，竖起耳朵。我想象着房子遭到包围，感到呼吸急促。我还以为他们当天晚上就要送我们前往加蓬——这种时候也只能听天由命。

等他们走过窗户后，我便穿过房间，躲在靠近后门的地方。他们在夜里干活，动作十分敏捷。我听见重物击中地面的声音，猜想他们在地面掘洞。铲土的节奏混乱且迅速，看样子不止一人在场，我猜至少有两个人。他们在缄默中迅速认真地干活，手里的工具偶尔撞击到坚硬的物体。根据声音判断，此刻他们和我们的距离，比房间距离浴室旁边、我们平时做饭的地方还远些。扬起的沙土打在草丛与树叶上。

"够深吗？"过些时候，我听见其中一人问。

"太浅了，"大个子说道，"带铲子过来，继续挖。"

在认出对方的声音之后，我咬住嘴唇，知道我们又要碰上了。我这辈子不想再见到他，但此刻他人就在这里，与我如此接近。我仿佛感觉到他和我共处一室，就躲在床下或是帆布底下，等待合适的时机加害我们。我还记得大个子最后一次到这里的情景，那时叔叔跟他坦白了打算放弃加蓬一事。

"你该不会不付钱吧？"其中一人率先开口，接着停下来，因为我只听见一只铲子在铲土，伴着沙土整齐而有节奏的落地声。

"先干完活再说。"大个子说。

"我受够了！"男子发起了牢骚。

我用力将耳朵贴在后门上，弄得耳朵疼死了。

"受够了？开什么玩笑！"大个子回答。

"我要走人了！不想再为你干活了！"

"别这样，这里很安全。"

"这跟原定计划有出入，"男子跟大个子讨价还价，"不是说好只挖一个洞，不是两个，记得吗？"

"我们得放弃其他地方好逃命去。错不在我，我压根没料到有人会挑这时候给我们'惊喜'……我会多付些钱给你。"

"多少？"

"嘿，小声点，"大个子打哈哈，"屋里还有其他人在睡觉。"

"哦，是吗？"另外一个人搭腔，接着停下手上的动作，"要是他们抓到我们呢？你可没说会冒这么大的险！"

"哎呀，不过是孩子在屋里睡觉。"大个子向对方保证。

"我们得趁天亮前把事情处理完……你们要多少钱？"

他发出轻轻的笑声，听起来像是一切都不会有事，但事实并非如此。我还记得这笑声在"南方"感恩会上，在叔叔向众人介绍他时曾出现过。此刻的我能够想象他那双邪恶的眼睛，在黑暗中显得冷酷严峻——试图让眼前的男子为他干活。

"这是特急件。"其中一名男子说。

"那么需要多少钱？"大个子说，"二手'南方'摩托车要吗？"

"你要把'南方'给我们？"男子兴奋地大喊。

"好极了！"另一名男子拍打着工具喊道，仿佛在庆贺一般。

"这辆'南方'可真不赖。"两名男子继续干活，使劲地掘土，大个子语气和缓地说道："如果你们敢走漏风声告诉任何人的话，当心我杀了你们！"

"这我们知道啦。"其中一人说，"你这洞要掘多深？"

"深到足以完全掩埋'微笑葛皮'为止。"大个子说。

我的心脏差点儿停止跳动，整个人虚软无力地跪坐在地上。滞闷的空气就像鼻孔内的气体。我试着起身，却感到两腿无力，只得一屁股坐了下去。我用后背紧贴门板，屈起膝盖支撑着低垂的头，两只手臂环抱住小腿胫骨。我闭上眼睛，紧握拳头，嘴唇得紧贴着膝盖才不至于痛哭。我的脚趾僵硬，似乎都麻痹了；我强迫自己屏住呼吸，直到头晕目眩为止。

我思绪混乱：叔叔究竟是死在医院，还是被他们杀害了？就算他死在医院，我也认为是他们杀了他，倘若不是他们痛下毒手，狠狠打了他一顿，或许他现在还活着。我突然感到遭人背叛，因为我已经答应对方，我和妹妹无论如何都会到加蓬，以保叔叔一命。我要如何向故乡的祖父母说这件事？如何告诉布拉费的亲戚们这个噩耗？如何向爸妈交代？

我的内心充满了罪恶感，觉得应该为他的死负责，尽管自己不清楚该怎么做才能阻止这一切。或许遭到一顿毒打的人应该是我,而不是叔叔。我恨透了自己,觉得自己和大个子、养父母还有足球教练一样坏,我跟他们学坏了——竟然把心中的愤怒藏在虚伪的笑容背后。我在看守人面前的装模作样令我感到恶心,如果不是我鼓励叔叔逃走的话,说不定现在他人还活着。

灼热的泪水迅速从我的脸颊滑落。我挣扎着起身,却浑身发颤,害怕任何风吹草动都会引起对方猜疑。我的心跳声似乎比屋外的铲土声还响,过了一会儿,我竟丝毫听不见铲土的声音了。

我气恼得几乎要窒息。我伸长了手想要用力抓取柳条编成的餐篮,但把手应声折断。伊娃在床上翻了个身。我真想将大个子的脖子像柳条一样折断,他竟想随便在路上埋了叔叔的尸体。

我从篮子里拿出刀子,在身上藏好,以便随时拿出来自卫。我希望这两名技术差劲的男子可以不停地掘土,使叔叔不至于那么快就被随意埋葬了。每次男子停下来休息、喘口气,我都不免感到一阵惊慌,双手握拳。

"够了!"大个子说,"够埋进那个骗人的家伙了!"

大概是他声音里的麻木不仁让我变得义愤填膺,觉得自己有必要跟大个子面对面说话。我迅速擦去眼泪,希望自己再也不会被他弄哭。我努力想要站起来,却仍感到虚弱无力,只能屈着膝并将耳朵贴在门上。

"住手,"大个子喊道,"快出来!我答应要把'南方'当作筹码，你们现在又想要什么花招？要一辆新的'南方'吗？"

"谢谢你，先生。"他俩说完匆忙爬出洞口，我听见脚步声轻快地奔向前门。再回来时脚步变得沉重，他们拖着脚走，大概是因为多了叔叔身体的重量。我想弄清楚他们如何搬运他的尸体，却不知道。当他们将尸体使劲儿扔进准备掩埋的坑里时，我紧贴着门，决定宁可一死也不愿去加蓬。我宁愿大个子一块儿杀死我，也不愿接受这种现实——叔叔牺牲了自己也无法改变我们被卖掉的命运。在他们将我拉上船前，我会先淹死自己。

就在他们准备填上坑时，妹妹醒了。我冲到她的身边，用手捂住她的嘴。我小声告诉她我们必须赶紧睡觉，现在天还没亮，我让她躺下来继续睡。我将小刀藏在枕头下方的床垫上。我躺在床上，心里盘算着如何能逃过大个子和那两个帮凶的监视。直到天亮后，看门的人走了进来。

男子清理完尿桶之后，放下手中的大手电筒，顺手把食物和一壶盐水递给我。妹妹狼吞虎咽地吃着。"孩子们，你们好吗？"他说，假惺惺地望着我们，"睡得好吗？"

"很好，睡得很香甜！"伊娃回答，嘴里塞满了山芋和豆子。

"做了什么美梦？"

"没有。"她说。

"帕斯卡尔，你怎么变得如此安静……你的眼睛红彤彤的，脸庞也发肿，睡得不好吗？"

"我睡得很好。"我小声回答。

"要不要吃点东西？"他往床边走，拿起枕头在我身旁坐了下来，靠近我预藏的小刀，"吃点东西吧，孩子，好吃的哟！"

我勉强挤出一丝笑容，倒了点盐水喝："我现在没有胃口，待会儿再吃。"

"昨晚有没有听见什么？"看守人突然说道。

伊娃耸耸肩膀回答："没有啊，昨天晚上我没听见任何声响。"

"你呢，大男孩。别愁容满面的，拜托！"

"大"这个字眼说中我的要害，我的脑中突然浮现大个子的身影。我很想告诉这个男子，没错，我知道他们杀死了葛皮叔叔，昨天深夜把他埋在了房子后面，我想当着他的面叫他下地狱去吧，我想要取出小刀刺死他，却不知道能否一刀让对方毙命，说不定他会先一步制伏我。

于是我决定放弃拿刀杀人这项计划，而是以博取对方同情为主要目标。或许，我苦苦哀求他的话，他肯让我们到客厅去。我便有机会从叔叔那件橄榄绿灯芯绒外套的口袋里取出钥匙。

"你没听见任何动静吧？"我猜他因为见到我犹豫了一下，于是又问了一遍。

"什么都没有。"我急忙否认，"昨晚发生了什么事，先生？"

"噢，没有……不过是大个子整晚吵闹不休罢了。"

"我什么都没听见啊！"伊娃说道。

"安静一点，"男子解释道，"我不过是想问问他有没有吵到你们。"

"请问葛皮叔叔的情况如何？"我低下头去，压抑着内心的痛苦。

"呃，他接受医院的治疗后大有起色，不过得再留院观察一段时间。"

"还要多久？"我问。

"他很快便能够回家休养……我昨晚去探望他了。"

伊娃暂停吃东西，抬起头说："真的？"

"他让我跟你们俩打声招呼……帕斯卡尔，他有消息让我转告你。"

"消息？什么样的消息？"我说。

"他住院时，你就是一家之主……好好照顾这个小女孩。"

他搂住我，拍拍妹妹的肩膀。

"你给他带了换洗的衣物吗？"我说，希望他没去碰隔壁房间的东西，特别是那件橄榄绿外套。

"医院会为病人准备衣服，不必从家里带。"

我很庆幸事情还在我的掌控之中，保持镇静是当务之急；我得博取看守人的同情。知道叔叔死亡的噩耗后，我感到不能再按照他们的游戏规则玩，我甚至觉得自己得比大个子做得更狠。

"谢谢你替叔叔给我带了口信。"我说。

"没什么，"他回答，"葛皮是个好人……不过是走错了一步。"

"谢谢你提供食物、水、尿桶等一切。你是上帝派来帮助我们的。"

"那我呢？"只见伊娃小声抱怨起来。

"你怎么样？"男子一脸狐疑地望着我。

我们俩同时望着伊娃，试着理解她。

她开口说："葛皮叔叔没有口信给我吗……"

"没有！"男子模仿起伊娃任性说"不"的模样，斩钉截铁地回答，然后咯咯地笑了出来。我跟着在一旁赔笑。

"他一定带了口信给我！"伊娃十分坚持，吞下一大口盐水。

"哦，那么你说说看，他会给你什么口信？"男子开她玩笑。

"我是帕斯卡尔的助理，不是什么小女孩。……对不对，帕斯卡尔？"

"没错，你是我的助理。"我说。

"哇，玛丽，这是真的哦！"男子说，"千真万确，叔叔希望你可以协助帕斯卡尔处理一切，就像一个真正的助理那样。"

"是的，先生。"她说着便得意起来。

趁着他俩在抬杠，我拿起食物，尽管食不甘味，却还是小口吃着山芋。我试着跟他们一块儿有说有笑，但泥土落在叔叔身上的画面却不断向我袭来，我不禁眼眶湿润。不过一想到大个子狂妄的笑声，我努力遏制泪水流出，舀起一口热腾腾的豆子往嘴里送，伊娃和那名男子或许会认为这是我热泪盈眶的原因。

"至少让我们到隔壁房间走走可以吗……拜托！"我突然问道。

"别急，"他耸耸肩膀说，"给我一些时间。"

我将目光移向别处，以掩饰内心的兴奋感。那天早上似乎就连伊娃也感受到一股友善，她拿起手电筒把玩，朝屋内乱挥一通；她拿灯光画着小图案，照射着墙壁上的每道细缝。手电筒成了她手中的玩具，这一刻整个世界的明亮与黑暗仿佛全都掌握在她手上。有时，她会用手遮住手电筒的光源，她的手指变成了红色，不过灯光依旧会透出来。接着她将手电筒抵住肚子，挤压着肚皮，直到手电筒的光线在她的肚子上仿佛遭遇了日食一般，只留下一圈光晕。

"注意，注意。户长助理女士，我们需要灯光。"男子打趣说道，伸手准备去拿手电筒。他显得有些别扭："你们才是囚犯，我可不是！"

"这样还是看得到光线。"伊娃笑着将手电筒更加用力地按压在肚皮上，想要完全遮住灯光，却没能成功。男子倾身向前，一把夺走了手电筒。

"其他孩子什么时候来？"我问。

"明天晚上，"男子回答，"所以明天早上我们得清空房间。"

"拜托你让我们到隔壁房间坐一会儿好吗？"我哀求着。

"呃……"

"不需要开窗户或是打开门……只要让我们走出这个房间透透气就好。"

"我明白你们想要离开监牢的心情，我们可以先在这里上一堂课。"

他领我们走进起居室，"砰"的一声打开窗户。尽管室内昏暗，但我也已经觉得很亮了，清新的空气让人感到凉爽。我的眼睛专注地打量着衣架，直到我看见那件橄榄绿外套后才松了一口气。我想不出来有谁会看上这件衣服，尽管心跳加速，但我还是试着沉住气，假装将注意力放在伊娃身上，她正专注地看陈旧的足球月历，一一喊出球员的名字。没有了我们的床，室内显得不太对称，却更加宽敞了。

我坐在桌旁，这里距离衣架较近，看守的男子和伊娃则坐在叔叔的床上。伊娃来到起居室后心情大好，哼唱了不少圣诞颂歌——其中有些歌在我当初计划逃跑时她还不会唱。她频频望着我们微笑，眼睛骨碌碌地转，仿佛初次来到这里。

我们房间的门半开着，我不断望着叔叔那天晚上卧倒的地面——我最后一次见到他的地方。

"你去过加蓬吗，先生？"我问。

"没有。"他回答。

"嘿，我们会比你先到加蓬！"妹妹抢着说。

"不要紧，不久后我便会过去。"他说。

"你觉得去加蓬这主意好吗？"我低着头问。

"当然好，帕斯卡尔，"他说，"户长助理，对不对？"

"没错。"她说。

"我们干脆称你为 AFH[①] 好了？"男子说。

伊娃点点头，一脸骄傲。

"真怀念'南方'啊，"我说，"我的助理以前经常跟葛皮叔叔骑着摩托车去兜风。"

---

① 户长助理（Assistant Family Head）的首字母缩写。

"那是辆好车，"男子说，"现在这玩意儿正在摩托车行修理。"

我点点头，假装不知道大个子此刻或许已把摩托车给了挖坑的人。

"依你看，大个子会把'南方'还给葛皮叔叔吗？"我突然低垂着头说。

"那是当然，"他回答，"那辆摩托车是他的财产……你为何总是望着地板？"

我跳到椅子上，假装一脸惊讶的样子。

"你还好吗？怎么回事？"

"我看见什么东西了。"

我站起身，远离桌面，退到衣架边。伊娃吓得迅速把腿缩回床上，正中我的下怀。她想要黏着那名男子，不过他却站起身，让她别离开床。

"是什么东西？像什么？"男子紧张地问，"你看见什么啦？"

"老鼠。"我说完，继续靠近衣架。

"这是你总低着头的缘故，你们很幸运能够被关在隔壁房间，那里到处是封死的，连窗户都紧闭着。我待在这里每天都见到老鼠出没，别担心，我会替你们杀死老鼠。"

此刻，距离那件外套只有一个手臂远——我向后伸长了两只手，整个人仿佛要钻进衣服堆。男子脱下其中一只鞋子，把它当作武器，趴到床底下拿手电筒照着。他取出葛皮叔叔的鞋盒，拿起来倒了倒，却什么都没看见。我继续慢慢往后退，"你要不要去查看另一个角落？"我催促着他，"希望老鼠别跑进我们的房间！"

　　我一抓到外套，就立刻从胸前的口袋里掏出钥匙，迅速收进我的短裤口袋。就在此时，他转过身来，不过我机警地拽倒满衣架的衣服，假装跌了一跤。

　　"真是抱歉，先生。"我赶紧赔不是。

　　"不过是只老鼠罢了。"他笑着说，停止了寻找，"你是女人家呀？有什么好怕的！如果晚上害怕见到老鼠，有任何状况可以大声叫我，听见没？"

　　"是的，先生。"我俩齐声回答。

　　此刻我内心充满了喜悦，开始在脑中演练逃跑的计划。最好趁他半夜睡着时逃走。我还没想到接下来的栖身之处，不过这一点儿都不会困扰我。我高兴的是不久后我们将拥有自由之身。现在要做的不过是小心，别喜形于色——像那天葛皮叔叔带着我和妹妹准备逃走时那样高兴过了头。我觉得到了最后一刻再告诉伊娃我的计划比较好，我可不想冒险泄露机密。

　　男子再次带我俩复习关于落海的课程，并解释我们得喝盐水的原因，我们在他身边感到很自在。

　　我们被关回原来的房间之后，我兴奋得停不下来，不断在漆黑的夜里发笑。我的手指抚摸着钥匙，同时感觉到它的冰凉与温暖。每把钥匙约莫有食指的一半大小，十分轻巧。尽管口袋里没有洞，我却害怕在漆黑的夜里遗失它们，于是不断伸手进口袋里抚摸着它们，感觉它们的存在。

伊娃不断叨念着男子与起居室里的一切，仿佛我们刚去野餐回来般兴奋。

我感到有些疲倦，想好好睡个觉，让伊娃不要打扰我。我得为晚上的潜逃储备精力。起初我仰躺在床上与钥匙共眠，接着我翻了个身，让钥匙翻面；然后又把手伸进口袋里，紧握着钥匙不放。最后，我把钥匙拿了出来。

那天晚上，伊娃和那名男子都沉沉睡着以后，我从床上起身，蹑手蹑脚地走向后门。接着我想起那扇门总会发出吱嘎声响，便转而从窗户下手。

我爬到水泥袋上，两手颤抖着，我一手拿出口袋里的一把钥匙，一手抓着挂锁。我浑身发抖，焦躁不安，好不容易才把钥匙插进钥匙孔内，却打不开锁。我拔出钥匙放在水泥袋上，接着试了第二把钥匙，也不对；我再将钥匙放在一旁，这时我已经吓得浑身发抖，害怕第三把钥匙也打不开，因此我停顿了一会儿，试着安抚自己的情绪。男子的喷嚏让床铺吱嘎作响。我紧贴着窗户，内心突然往下一沉——我害怕我们逃不出去。过了几分钟，男子重新沉睡，进入梦乡。

最后，我插进第三把钥匙，转了转，挂锁突然间松开了。在确定没人听见我发出的声响后，我打开锁，把锁和钥匙同时放进口袋里。我缓缓地推窗，直到窗户开启，一股清新的空气朝我的脸庞袭来。

那是个寒冷、美丽的夜晚，昏黄的月光照进房间里，一切都显得如此静谧祥和。我关上窗户，爬回床上。轻拍伊娃的肩膀。她起身，搔搔头，"柯奇帕。"她睡眼蒙眬地说。

"是我，"我小声说，"别吵。"

"我们又可以到起居室了吗？看守人呢？"

"我们要准备逃跑……你小声点！"

"小声？"

我用力摇着她。

"我们要去医院探望葛皮叔叔。"我撒了谎，缓缓牵着她下床。

"现在吗？"

我把她抱到水泥袋上面，打开窗户，让她爬过窗户，希望能顺利跟在她身后出去。我将她的头透过窗户按向窗外，当凉风拂过她的脸庞时，她发出了尖叫。顿时，睡眼惺忪的她清醒了不少，她走下水泥袋又回到床上。我将她拉往窗边，却遭到坚决反抗。

"你们俩大半夜吵什么吵？"男子被惊醒后，走到门边问。

"伊娃……快从窗户跳出去！"我大叫，"他要杀了我们！"

"别跑！"男子大叫道，冲进房间。

我将伊娃朝餐篮方向一推，然后奔向窗边，我把头伸出窗外，跳了出去，着地的时候用手支撑身体落下的重量。然后朝埋葬葛皮叔叔的方向奔去，脑中回荡的却是伊娃号啕大哭的声音——恍如回音般从海面上传了过来。慌忙中，我连回头张望的机会都没有。

我跑进草丛，长得老高的草划过我的身体，粗糙的地面与荆棘刺伤了我的双脚。我取出口袋里的挂锁和钥匙扔向草丛，然后死命向前奔跑，尽管从今以后妹妹的哭声会萦绕于心，再也挥之不去。

圣诞大餐

An Ex-mas Feast

她唯一的希望是弟弟能够上学。她省吃俭用
就是为了有一天弟弟能成为家人的救星。

　　大姐梅莎今年十二岁，家里没有人知道该如何联系她。她从未原谅我们的爸妈不够有钱，不能送她去上学。她就像只野猫：回家的次数越来越少，只有在换洗衣服时才回来，然后拿钱给我，叫我转交给爸妈。即便待在家里时，她也尽可能地回避他们，仿佛他们的出现是提醒她家中事事都要用钱。尽管她偶尔会跟爸爸顶嘴，却从未对妈妈说过大不敬的话，即使妈妈偶尔口出恶言地挑衅她，喊着："梅莎！妓女！你甚至连胸部都还没发育！"梅莎也不放在心上。

　　梅莎经常跟十岁大的奈玛交换心得。跟家中其他成员相比，姐妹俩很有话聊，话题内容多半是身为妓女应该注意的事项。梅莎让奈玛试穿她的高跟鞋，传授她化妆技巧，还教她如何使用牙膏和牙刷。她告诉奈玛要尽可能远离会殴打她的男人，不论对方付她多少钱；她说，如果奈玛长大后跟妈妈一样生养太多孩子，她会像对待妈妈那样对待她。她还告诉奈玛，宁可饿死，也不要跟不戴安全套的男人出去。

　　工作时，她忽视奈玛的存在，或许是因为奈玛会让她想起家，又或者是她不愿意让奈玛见到自己一点儿都不像平日里酷酷的模样。不过梅莎在外头比在家里更能容忍我。我可以在人行道上跟她聊天，不管我衣衫如何褴褛。在她等候接客的时候，一个八岁男孩挡不了她的财路。我们知道该如何装作素不相识，那不过是个街头孩子在跟妓女说话而已。

其实，和其他人比起来，我们还是幸运的。我们还能彼此相守于街边的家——至少，这个圣诞节是如此。

圣诞节的傍晚，太阳早早就下山了。这个时节的天气非常恶劣，大雷雨扰乱了季节更迭，内罗毕淹了水，十二月的雨滴滴答答，打在防水布搭盖的屋顶上。我坐在简陋木屋的地板上——木屋搭建在巷尾的水泥地上，紧靠在一栋陈旧的砖瓦商店后方。偶尔寒风袭来，吹开了棕色的塑料墙面，地板上堆满了我在毕夏拉街的垃圾场里搜刮回来的靠枕。入夜之后，我们卷起屋顶的防水布，让商店的警示灯光照进屋内；然后，将一块木板当成门，倚在商店的墙壁旁。

一声雷响惊醒了妈妈，她缓缓起身，将手从梅莎的行李箱上移开——她睡觉时总是紧抱着它。行李箱外面是海军蓝，内衬是黄铜色，镶有滚边，占据了我们很大一部分生活空间。惊慌中，妈妈四下里胡乱摸索，吓醒了双胞胎兄妹欧提诺和安提诺，还吵醒了爸爸——三个人当时睡得正熟，宛如小狗般堆叠在彼此身上。她正忙着寻找宝宝。妈妈身上的白色 T 恤是三个月前生产时穿的，前胸还沾着两块奶水的污渍。接着，她肯定记起宝宝与梅莎和奈玛在一起，心情顿时放松下来，她打个哈欠伸展身子，不小心碰到了软木屋檐，压在屋顶上的一块石头掉到了屋外。

妈妈把手伸进苏卡①里，系紧绑在腰间的钱包，浓浓的睡意加上满身酒气令她昏昏沉沉。她在纸箱里一通翻找，在爸爸从别人口袋里偷来的一堆没有用的文件底下，她找到几件衣服、几双鞋子和我的一身新制服。她继续找，纸箱内的杂物在爸爸和双胞胎身上越堆越高。接着，她找到一罐用来粘鞋子的新桑坦牌强力胶，这罐强力胶是住在附近的马丘柯许家孩子送的圣诞节礼物。

妈妈望着这罐强力胶微笑，朝我眨眨眼睛，舌头探出缺了牙的齿缝。她娴熟地撬开强力胶盖子，整间小屋顿时充斥着修鞋匠摊位的味道。我望着她将强力胶倒进我的塑料"奶瓶"。在昏黄的灯光下，奶瓶内的液体发出温暖的黄色光晕。尽管妈妈尚未从前一天晚上聚会的宿醉中醒来，但挂着大手环的两只手还是稳稳的，一点儿都不发颤——那手环可是圣诞节聚会的礼物。等到奶瓶装满，她便摆正罐子，不让液体继续流出来。最后一点儿缓缓流入奶瓶的液体，停在半空中，好像冰柱一般。她用手掌盖住奶瓶，留住强力胶的气味。万一梅莎没给我们带回圣诞节大餐，吸食强力胶起码能够抑制饥饿感。

妈妈转过身去望着爸爸，用脚踢他的身体："起来，你已经几天没去工作啦！"爸爸翻了个身，发出呻吟声。他的脚伸出小屋，搁在

---

① 非洲部落传统服饰，红格子毛毯。

防水墙下，脚上穿的湿网球鞋已经开了口。妈妈再次踢踢他，他开始扭动双腿，仿佛在睡梦中行走。

我们家的狗在外面吠叫，妈妈弹弹手指，狗就走了进来，它快要分娩了，走起路来肚子一摇一摆的，宛如沉重的洗衣袋在风中摇晃。妈妈十分擅长观察母狗孕期，这只狗怀孕一个半月时，她便利用食物与关怀引诱这只狗到我家来，希望将来卖了母狗生下的小狗，能够给我挣点钱买教科书。狗舔舔安提诺的脸庞，妈妈屈起手指触探母狗的腹部，仿佛是个天生的接生婆。"噢，辛巴，你就快生啰，"她在母狗的耳边小声说，"我的儿子也要赶着上学啦！"她说完将狗赶到屋外。辛巴躺了下来，用体温温暖着爸爸的脚。它偶尔叫几声，以免其他狗接近我们家紧贴着商店墙壁的移动式厨房。

"吉迦纳，昨天晚上带宝宝一块儿乞讨的情况如何？"妈妈突然问我。

"赚了一点儿钱。"我对她说，交给她一把零钱和纸钞。她把钱塞到苏卡里，钱包的拉链声伴随着两个清脆的屁声一同响起。

一般人对于在圣诞节乞讨的乞丐颇为大方，而且我们的诱饵实际上是刚出生不久的宝宝，我们轮流将他的脸推向路人。

"哎呀！儿子，我从没见过像今年这样的圣诞节。"她的脸上漾着笑容，"明年的学费有着落啦，不必再到处筹钱，不必再吸食强力胶麻痹脑袋。你可以上学去了！大雨有没有淋湿你和宝宝？"

"我是回家才淋湿的。"我说。

"宝宝呢？谁在照顾他？"

"奈玛。"我说。

"梅莎呢？轮到她照顾宝宝时她人呢？"

"妈妈，她正在气头上呢。"

"那女孩真伤透了我的脑筋，我已经三个月没见到她人了。真不知道她的脑袋被什么虫子给吃了！"妈妈有时候说话会漏风，那是因为她的齿缝实在太宽，"呃，这会儿她正朝那些带着白花花银子的有钱人搔首弄姿，别以为可以瞒得过我。你说，她为什么不带宝宝去行乞？"

"她说这是虐童。"

"虐童？她现在成了 NGO 员工啦？难道上街拉客好过带宝宝去乞讨？"

"我不知道。她跟那些观光客出去了。今天有一个白种外国人，还带着猴子。"

妈妈朝门边吐了一口痰："呸，这些人没用，我清楚得很。他们甚至连圣诞节的税都不付，说不定还让那只猴子上她。吉迦纳，你去跟那个女孩谈谈。你不是想要去上学吗？她不可能只给你筹到买制服的钱。"

我点点头。两天来，我已经试穿了八次制服，真想去上学。制服是绿白相间的格子衬衫，搭配皱巴巴的橄榄绿短裤。我把手伸进纸箱，从一堆衣服里拿出制服，轻轻拍着。

"干吗弄乱这件漂亮的制服？"妈妈说，"耐心点，孩子，你上学的日子不远啦！"她把头探进纸箱，收拾好东西，"梅莎比较喜欢你，"她小声说，"吉迦纳，拜托你，告诉她你还需要鞋子、家长教师联合会会费和预备金。我们得将圣诞节的税存起来作为你的教育基金，你可是家中的长子。让她别再买那些什么鬼设计师的衣服，那些闻起来有死白人味道的衣服，叫她好好留着钱当家用！"

妈妈说这话时，气得开始捶打梅莎的行李箱，这时就连家中唯一一件像样的家具——行李箱都显得很碍眼。一年前，梅莎将这只行李箱带回家，每次要打开箱子前总喝令我们离开小屋。没人知道箱子内藏有什么秘密，除了散发出来的淡淡香水味。这只行李箱不仅能引发我们的好奇，同时也带给我们安慰。梅莎每次带了新玩意儿回来，这样的感觉都会越发强烈。有时候，梅莎很长一段时间不回家，我们只好看着她那神秘的箱子，这样就会确信她终会回到这里。

"梅莎！妓女！她再不回家，今晚我就要打开这只行李箱。"妈妈气急败坏地在密码锁上吐了口水，还不断摇晃行李箱，我们听见里面传来了撞击声。只要梅莎久久不回家，妈妈就会拿这只行李箱出气。我伸手拦住她。

"你这个皮条客！"她大吼，"你竟敢帮那个妓女！"

"这不是她的错，要怪就怪那些白人观光客。"

"在她离家前，你最好已经开学了。"

"我要去跟她告状。"

"看我不把你跟你这张嘴塞进箱子里！"

我们开始缠斗，她的长指甲划伤了我的额头，血顺着额头往下流。妈妈却还在摇晃行李箱，我一转身朝她冲过去，咬了她的右侧大腿一口，只是并未咬出血来，因为我的门牙已经掉了。妈妈这下才松开手，整个人翻倒在熟睡的家人身上。安提诺发出一声简短的、令人毛骨悚然的惨叫，仿佛做了个噩梦，之后又沉沉睡去；爸爸发出一阵呻吟，嘴里说着不喜欢见到家人在圣诞节大打出手。"你为了那个妓女咬我老婆？"他喃喃说道，"明天早上你等着吃棍子吧！我会亲自去学校找校长，让他好好教训你一顿！"

妈妈的大腿上留有我的齿痕，她掀起衣服开始搓揉受伤的地方，嘴里喃喃自语地咒骂着。接着，为了惩罚我，她取走为我倒好的强力胶，拿去敷在肿胀的伤口上——她将奶嘴贴着伤口，期待着强力胶的气味能够平复患处。

妈妈用完强力胶，就将奶瓶还给我。里面的味道依旧浓烈，我不敢直接吮吸，只是将嘴唇贴着奶嘴，缓缓地闻着气味，仿佛闻着一整株印度大麻。刚开始会觉得嘴里的唾沫不再分泌，接着，强力胶的气味会麻痹舌头的味觉。然后，喉咙缓缓发热，鼻孔觉得瘙痒，很想打喷嚏。我冷静下来，吹走气味，再用力吸吮一口并吞了下去。一瞬间，我的双眼濡湿，感到天旋地转，双手松开了奶瓶。

等到我抬起头的时候，望见妈妈为她自己倒了一些强力胶吸食。她和爸爸很少吸食强力胶。"强力胶只适合用在孩子身上。"祖父去世前，只要瞥见强力胶出现，就免不了责备我们一番。今年圣诞节，我们不再渴望大餐。除了带着宝宝出门乞讨来的钱之外，爸爸打算在NGO为马丘柯许家族举办的聚会中，偷几个包装好的礼物。这个机构小气得要命，用果汁代替烈酒，所以，偷完东西他会再赶赴另一个慈善聚会，用那些没用的礼物，像是塑料餐具、画框和杀虫剂这些东西，换来三杯米和观光旅馆捐献的斑马肠子，这是我们平安夜的晚餐。

"圣诞快乐，亲爱的！"妈妈过了一会儿向我举杯，摸了摸我的头。

"你也是，妈妈。"

"女孩们呢？她们难道不想在圣诞节祈祷吗？"她嗅闻着奶瓶，直到眼神涣散，面部表情狰狞得好似一头发狂的母牛，"政府竟然禁止这甜美的玩意儿！孩子，记得向邻居道谢啊，他们从哪儿找到这能够抑制饥饿的好东西？"放下奶瓶后，我听见她咂嘴的声音。夜深了，她的脸部开始肿胀，她不断噘起嘴、咬着双唇，仿佛在确认它们是否已经失去了知觉。她那泛红、肿胀的嘴，就像梅莎涂了唇膏的嘴唇一样。

"妈妈，我们要送什么圣诞礼物给邻居们？"我问，想起家里似乎没给朋友们准备礼物。

妈妈猛然一惊："汽油……我们买半加仑汽油送他们。"她说完打了个嗝，呼出的气体传来碳酸饮料和酸酒的腐败气味。等到她再次抬起头来，我们眼神交会，我窘迫地低下头。其实，汽油不比强力胶更有价值。每个在街头混的小孩都该有一瓶自己的强力胶，这样才有尊严。"好吧，儿子，明年……我们买好一点的东西送人。今年我可不想惹上警察，所以别再胡思乱想啦！"

此时，我们听见两个醉鬼正朝着我们家的方向走来，妈妈赶紧藏起奶瓶。那两个人站在屋外，大声嚷嚷着祝贺我们圣诞快乐。"我丈夫不在家！"妈妈撒谎道。我认得对方的声音，是马科斯·瓦科先生和他的妻子塞西莉亚。爸爸四年前欠他们的钱至今尚未还清。他俩每次都是循着钱的味道而来，爸爸就得因此躲几天债。宝宝出生后，我们典当了他四分之三的衣物用来抵债。圣诞节前一周，这对夫妻突袭我们家，以还钱为由没收了爸爸的工作服。

我迅速拿几块破布遮住行李箱，把手伸进口袋，紧握住一把藏好的生锈的小刀。

妈妈和我站在门边。马科斯·瓦科把长裤束在额头上，在末端打了结的两条裤管拖在背后，里面塞满了用来烹煮乌加里①的面粉，这大概是他在街头的聚会里取得的。塞西莉亚只穿了件外套，脚踩一双雨靴。

"噢，妈妈和吉迦纳圣诞节愉快！"做丈夫的率先开口，"别管那些钱了，祝你们圣诞节快乐！"

"我们听说吉迦纳要去上学了。"丈夫身旁的妻子说。

"谁告诉你们的？"妈妈提高了警觉，"我可不喜欢谣言满天飞。"

他们转过身来望着我问："要去上学了，高不高兴？"

"我没有要去上学。"我撒谎道，害怕我的学费被拿去抵债。

"有其母必有其子！"身为妻子的人说，"你该知道你是家中的

① 乌加里（ugali），以粗玉米粉制作的糊状食物，为东非人的主食。

希望。"

"妈妈、吉迦纳，听着，"男子说，"梅莎上个星期来找过我们了，她真是个乖巧、有责任心的女孩。她恳求我们将之前的烂账一笔勾销，好让吉迦纳去念书。我们说好，不提钱的事，就当是我们送你们的圣诞节礼物。"

"你可得多念点书，吉迦纳。"妻子说完递给我两支全新的圆珠笔和铅笔，"将来去念马帕卡大学！"

妈妈忍不住开怀大笑，高兴得一只脚不小心踩进积了水的街道。她紧抱着这对夫妻，邀请他们入内。他俩摇晃着身躯在门边逗留，宛若踩着高跷参加化装舞会的人。

向他们致谢后，我拔去笔帽，一边在掌心写字，一边闻着英雄牌HB铅笔笔芯的味道。妈妈强行挤在他们和小屋之间的位置，确保房子不会倒塌。爸爸在屋内对我们小声说着话，准备逃跑。"哈，他们去年也是同一套说辞。等着瞧，他们明天肯定又来找我要钱，这次得让他们签下协议书才行。"妈妈迅速拿了纸笔，让他们签名同意。他们把我的背当作写字板，两人签完之后就缓步离去，塞了东西的裤管在身后一蹦一跳。

妈妈开始大声感谢梅莎，承诺绝不再胡乱敲打她的行李箱。梅莎最近带双胞胎去剪了头发，还带宝宝到肯雅塔国家医院体检，现在又替家里解决了债务问题。我真想立刻冲到街头去找她，紧紧抱着她开心地笑，直到天明。我要给她买可乐和印度面包，因为她有时候会忘了吃东西；但当妈妈见我搔着头时，她说，任何人都不准在我们说完祈祷词之前离开。

　　有几个晚上，我曾跟梅莎在街头鬼混，我们聊些名车以及内罗毕近郊的美丽景致。我们想象自己造访了马萨伊马拉国家自然保护区，跟其他观光客一样，在"食肉动物餐厅"吃烤鸵鸟或是鳄鱼肉，那会是怎样一番情景啊！

　　"你好漂亮哦！"一天晚上，我们在科伊南格街上鬼混时，我对梅莎说，当时距离那个要命的圣诞节还有几个月。

　　"噢，我一点儿都不漂亮，"她笑着说，两只手拉拉身上穿的迷你牛仔裙，"不要睁眼说瞎话了。"

　　"瞧你这张脸。"

　　"谁派你来的？"

　　"你走路的样子跟模特儿一个样。"

　　"是啊，是啊，一点儿都没错！不过我不够高，鼻子呢，太大，又不够细致，脸不够尖瘦，嘴唇不够丰润，也没有穿高级设计师的衣服。我不像奈玛那般勇敢又漂亮。香水跟化妆品不代表什么。"

　　"你真是美女。"我捻着手指头说，"说不定明天你就长高啦！"

　　"你想约我出去啊？"她开玩笑地说，还摆了一个姿势，做出一个像是在逗双胞胎玩的鬼脸，"像个男人一样好吗？现在就约我。"

　　我耸耸肩膀笑着。

　　"我身上没钱哪，大女孩。"

"我可以给你这家伙打折。"

"别闹了。"

"拜托，不过是个玩笑。"她说完后拉近我，抱着我。

我俩咯咯地笑着，走起路来的步伐随着欢笑声变得轻盈了许多，任何一件琐碎的事情都显得十分有趣。我们无法止住笑意，甚至还对着周遭的路人傻笑，我笑得直不起腰，非得停下脚步不可，但她仍不罢手地胳肢我。

我们朝着在街头挤成一团睡觉的小鬼们大笑，有些小团体睡得井然有序，有些则胡乱就地而睡；有些人的头顶有避免风吹雨淋的防水布，有人却一点儿遮蔽也没有。我们朝着聚在一块儿喝茶取暖、热烈谈论政治笑话的出租车司机们笑——他们正等待满载坦桑尼亚和乌干达乘客的阿卡姆巴公交车前来。我们偶尔会见到陈旧出租车里的观光客露出焦虑的表情，他们将度过十二个钟头的旅程里最紧张的二十分钟——出租车的速度一减慢就可能会遭抢。

但我们不怕入夜之后的城市，这里就像是我们的游乐场。每到这种时候，梅莎仿佛忘了自己的正事，她笑闹着，好不快乐。

"你是好人吗？"梅莎问道。

"不是。"

我开始拉扯她的手提包。

"你明天就要变成大人啰……"

突然她从我身边越过，试图拦下一辆备有专职司机的富豪汽车。

汽车在她面前停好，车窗摇了下来。后座的男子上下打量起梅莎，摇摇他的秃头。他将目光锁定在梅莎身后那群女孩里的一个高个子身上。她们一个个引颈企盼，试图引起车窗里那个男子的注意。梅莎接着冲向一辆银色奔驰车，不过那司机却挑了个矮个子女孩。

“总有一天我要找份正常的工作。”梅莎走回来后，叹了一口气说。

“什么样的工作啊？”

“一份正经的差事。”

“去哪儿？”

她耸耸肩膀说：“蒙巴萨？达累斯萨拉姆？”

我摇摇头：“真是个坏消息。得去多久？”

“我不知道。这是我的人生。我想全职工作才够给你付学费，我自己有余力的话还可以存钱。我会把钱送到教堂，再请他们转交给你。等我存够钱就不当妓女了，我可不想永远在大街上拉客，总有一天我也要去上学……”

那些字眼渐渐在她的喉咙间消失。她噘起嘴，双手交叉在胸前，轻轻摇晃着身体，不再急忙冲向来往的车辆。

“我们再也见不到你了？”我说，“不了，谢谢你。如果你要离开家当妓女，我就不去上学了。”

“那我就可以把钱存起来了，哈哈。如果不需要供你读书，我就不会再拿钱回家，绝不会。”她望着我的脸，突然间停下来，然后扑哧一笑，“关于妓女那件事，我是开玩笑的，好吗？”

她开始胳肢我并拉我往莫伊大街走去，我紧紧抓住她的手。街灯下的妓女们挥舞着双手，仿佛一群带翅膀的白蚁。

"梅莎，爸妈他们……"

她突然转过身来，握紧双拳。

"住嘴！你丢光了我的脸！你这鼠辈，离我远一点！我不是你的相好，你付不起钱！"

其他女孩纷纷转过身来看着我俩，咯咯地笑着。梅莎走开了。在其他女孩面前提起"爸妈"这个字眼真是大错特错，这么一来其他人就会知道我们的关系，我也不该喊她的真名。我一路哭着回家了，因为我伤害了她。之后她好几个星期都不搭理我。

庆祝完结清债务之后，妈妈从纸箱里找出两个乌丘米超市的防水袋子。她用双手抚平它们，仿佛防水袋是皱巴巴的袜子，然后再将袋子套在帆布鞋外头，用袋子的提手处在脚踝打了个小结。接着，便走进淹水的地方，她那长了翅膀的雨鞋好像鸭子的脚一样在划水。她忙着解开装了食物以及厨具的袋子——这些东西紧靠在商店的墙边。她眼睛四处打量着，试着找一块干燥的地方起炉灶，给双胞胎热些吃的。不过大雨倾盆，她试了一会儿后就宣告放弃。

"吉迦纳，你见过梅莎的客人了？"她问。

"我见到三名白人外加一名司机。有个身材高挑的老人，他穿着灯笼裤和网球鞋，我还跟他们握手了呢。那汽车真是漂亮极了……我甚至还捏了那只猴子。"

"汽车？他们开着汽车？谁能想象有汽车载送我的女儿呢？"她身子向前倾，握住我的双手，笑着说，"你是说我女儿真有这么气派？"

欧提诺此时醒了过来，无力地站在靠枕上——他先爬上妈妈的大腿，手攀着我的头好保持平衡。接着他跨到小屋外的积水处，在水中蹲低身子，然后拉了一坨屎；那在寒凉的晚上呼出一股热气，而他的两片屁股则让寒气给冻红了。

欧提诺回到小屋之后，在妈妈的大腿上坐下来，抓着她的胸脯吮吸奶水，边吸还边发出声响。他一只手抓着梅莎给他买的玩具，另外一只手在妈妈瘦骨嶙峋的脸上摸索着什么。妈妈仍旧一副瘦巴巴、精疲力竭的模样，尽管在双胞胎离开保温箱之后，她曾留院观察一段时间监控好饮食状况。

妈妈拿出家中的《圣经》开始进行圣诞节祈祷，这本《圣经》相传是祖父留下来的。《圣经》的封面已经不见了，脏兮兮的纸页写满已过世或是还健在的亲戚的名字。她大声读着。祖父坚持认为这里必须写上家族里所有人的名字，以纪念街头生活的不稳定。妈妈先从她的父亲开始念起，他在妈妈逃往内罗毕之前，被偷牛贼所杀，所以在那之后妈妈才跟着爸爸一块儿生活。接着，妈妈念出祖母的名字。那时候因为几名政客重新规划种族疆界，她住的村子遭到拆毁，所以她搬到内罗毕居住。某天，她拄着拐杖，永远消失在了城市中，一去不返。妈妈还念出其他表兄的名字，杰克和索洛，他们住在另一个村子，常通过教堂给我们写信，让我们的爸妈寄学费过去。等到老师教会我写信时，我会迫不及待地告诉他们点了灯的停车场以及内罗毕高级汽车的事。妈妈呼唤她的兄弟彼得舅舅的名字——他曾告诉我如何在不被政府官员鞭笞的情况下，在市区的喷水池淋浴；后来他被警察误杀，医院停尸间将尸体送交医学院，因为我们付不起丧葬费用。妈妈呼唤爸爸另一个表妹梅西的名字——她是家族成员里唯一一个中等学校毕业的人；自从她爱上一个火奴鲁鲁来的观光客并且跟他私奔后，就不再给我们写信了。妈妈呼唤着爸爸的姐姐，也就是我们姑妈的名字。她两年前死于心脏病，临死前每天晚上都会讲故事给我们听，还会用她那甜美的、带着浓浓乡愁的声音，教我们唱族人的歌曲。

天空隆隆作响。

"希望奈玛出门前记得给宝宝多加衣服。"妈妈对我说，忽然颤抖了一下，因为欧提诺咬了一口她的奶头。

"她先给宝宝套上防水纸袋，接着才穿上毛衣。"

欧提诺吸饱奶水后就吵醒了安提诺，让她吸另外一边的乳房，两个人什么都分配得好好的，安提诺一直吸到睡着为止。妈妈轻轻将安提诺放在欧提诺身边，然后试着摇醒爸爸，直到他睁开一只眼睛。他的脸贴着墙，嘴里发出微弱的声音："吃的。"

"亲爱的，家里没吃的啦！"妈妈说，"我们得唱完亲戚们的名字。"

"再不吃点东西的话，名单上很快就会有我的名字。"

"食物在这儿——新桑坦牌强力胶。"妈妈从我的手中接过奶瓶递给他，"喏，下个星期前，你都不会觉得饿了。"

"孩子们都在吗？"

"宝宝和奈玛还在外面。上一次……应该轮到梅莎。"

"噢，那至少还能指望梅莎带圣诞大餐回家。"

"她是去筹学费，记得吗？"

妈妈又在纸箱内翻找，她找到一根肮脏的蜡烛，坑坑洼洼的表面沾满了泥沙。她点燃蜡烛，用蜡油将蜡烛固定在行李箱上，手持《圣经》，开始念诵斯瓦希里语赞美诗——感谢上帝赐给她宝宝这个礼物，让有两次流产记录的她能够顺利产下双胞胎。她赞美上帝让梅莎能在圣诞节找到外国客人。然后，妈妈感谢一个有着滑稽单眼皮的年轻日本志愿者，因为她在我们的乞讨盘里慷慨施舍了几先令。我记得她穿着马赛牌绑带凉鞋，戴着项链，脖子看上去像是上了套索；她不回应我们的问候，也避免与我们目光相接。妈妈甚至还感谢我们以前在基贝拉贫民窟的房东，尽管最后他将我们逐出房子，却从不会因为我们缴不起房租而拿走我们的家当作为抵押。此刻，她正恳请上帝保佑辛巴产下许多小狗，"耶稣啊，上帝之子，保佑吉迦纳有颗聪明的脑袋瓜，好应付学校课业！"她最后说道。

"请对我们宽厚仁慈。"我说。

"奉耶稣母亲圣母玛利亚之名……"

"阿门。"

奈玛抱着宝宝回来的时候，天空又下起了雨。宝宝到家时已经睡着了。奈玛的牛仔裤、平底船鞋和编了辫子的头发全被雨水淋湿了，一双大眼睛因为哭泣而变得通红。通常，她都是哼着布伦达·费西的歌曲漫步回来的，不过今晚她却像是泄了气的皮球。

她把钱交给妈妈，妈妈迅速收进钱包里。她还递给妈妈一罐杀菌牛奶，牛奶只剩下了半盒，奈玛解释说她必须买牛奶给宝宝止饿，不让他哭。妈妈点点头。湿透的牛奶盒仿佛随时会解体。妈妈用双手小心翼翼地拿着牛奶盒，像是接过学位证书一样。等到奈玛拿出只剩一半的火鸡腿时，妈妈拧着她的耳朵，心想八成是她拿乞讨得来的钱买的。奈玛立刻解释说是她的新任男友买给她吃的。那男孩是我们这个地区街头帮派的大人物，令人敬畏三分。梅莎和我都很讨厌他，不过他很爱奈玛。

奈玛躺在地板上扭动着，她蜷缩起柔软的身躯，偷偷地哭了。妈妈取下其他人身上的毛毯，盖在女儿被雨水泡得皱巴巴的脚上。

"梅莎明天要搬出去，她找到全职工作了。"奈玛说。

妈妈的脸僵住了。不管在街头乞讨再怎么粗鄙、无所依靠，一旦有人离开家，这个家将变得四分五裂。我走到屋外，躺在我们沿着隔壁商店摆放的一排空油漆桶上，将脸埋在臂弯中。

我的内心充满了罪恶感。如果我加入街头帮派的话，或许梅莎就不必离开了；如果不需要给我筹学费，梅莎和爸妈就能够和平相处。但我的愤怒却指向那些白人，那一张张受着姐姐诱惑的脸庞。真希望自己跟奈玛的男友一样有势力，或者加入他们的行列。我们可以烧了他们的捷豹，将他们绑起来，揍个半死，我们可以拿走他们身上所有的文件，或剥光这些白人的衣服——我曾见过奈玛的朋友对伤害帮派的人这么做过。至少，我们可以杀了那只猴子再吃了它，或是切除它的性器，让它不能再上其他人的姐妹。我拿出口袋里的小刀，仔细检查刀锋，只是刀刃不甚锋利，上面满是凹痕。我相信倘若我使出吃奶的力气，一定能让这些人见血。

过了一会儿，我明白这项计划根本行不通。我绝不可能加入奈玛男友的帮派，奈玛也绝不会同意。事实上，今天晚上之前，她曾嘲笑过梅莎搬出去这件事，她说如果她跟梅莎年纪一样大的话，老早就搬出这个家了。此外，就算我赶往基贝拉贫民窟，一旦我们接触了那些观光客，警察便会立刻上门逮捕我爸妈，拆了我们的小屋。他们将带走梅莎的行李箱，夺走她的宝贝。

爸爸仿佛被巨大的声音惊醒了，清醒过来。

"梅莎吗？"他问，再次闭上眼睛。

"不是，梅莎在工作。"妈妈说，"我的梅莎勾搭上白人了，还搭乘高级轿车！"

"什么？什么白人呀，亲爱的？"爸爸问完立刻坐起身来，用掌心揉揉透出饥饿感的惺忪睡眼。

"白人观光客啊！"妈妈说。

"嗯？那他们得付我美元或是欧元，我可是一家之主，你听见没有，女人？"

"知道啦！"

"不准跟火奴鲁鲁扯上关系。他们开的是什么车？"

"捷豹。"我回答，"还有司机呢。爸爸，我们不能让梅莎离开家……"

"没有人要离开，谁都不准走！闭上你的乌鸦嘴！你咬伤我的老婆！明天看我不打掉你的牙齿！别再胡说八道，不准开口！你替我向那些外国客人道谢了吗？"

"没有。"我回答。

"哎呀，吉迦纳，你的礼貌呢？你问了他们要去哪儿吗？车牌呢？"

"我没问，爸爸。"

"如果他们要带她到火奴鲁鲁去，我怎么办？或许我们该送你加入街头帮派。孩子，你难道就不能抓住机会吗？你知道自己浪费了一个月的学费吗？可怜的梅莎。"

他不相信地眯起眼，宽阔的额头堆积了几条疑惑的皱纹。他噘着嘴，加快了呼吸频率。但那天晚上我戳在原地，一动也不动。

"我不想去上学了，爸爸。"我说。

"胆小鬼，住嘴！这个话题到此结束。"

"不！"

"你这话什么意思？你想跟我一样当个扒手吗……儿子？你可是我的长子，不能跟女孩一样没用！"

"我不想念书了。"

"你还太年轻，不能够独立思考。就像人们常说的，'先冒出来的牙齿不是用来咀嚼的'。只要你住在家里一天，就得乖乖听我的话去上学。"

"不。"

"你是说你从此不去上学了，吉迦纳？！"他看着妈妈，"他不想去上学了？圣犹大①！"

"老爷，这孩子固执得很。"妈妈说，"你瞧见他看我们的眼神了没？真是侮辱人！"

爸爸突然间起身，两手颤抖。我并没用手护住脸颊好躲避他的巴掌或口水。以前他生气时，我都这么做，但现在就算他想要杀了我，我也无所谓，反正这个家由于我的缘故已支离破碎。但他只是站在原地，浑身因气恼而发颤，一脸困惑。

妈妈拍拍他的肩膀，试着安抚他，他却将她推向一边，径自走出去冷静冷静。我透过墙壁上的小洞偷偷观察他，没多久，他开始大声咒骂自己喝了太多酒，懊悔圣诞节当日睡过了头，错失在观光客身上行窃的机会。不过一想到梅莎的好运，他就整晚唱着"还是捷豹车好"。

---

① 圣犹大（Saint Jude Thaddaeus），耶稣十二门徒之一，在遭遇病痛或是危难时，可向他祈求帮助。

他在石头间跳跃，小心避开积水中松动的鹅卵石，仿佛它们是河水中探出头的鳄鱼。市区里，高耸的建筑物因为健忘的员工忘记关灯而照亮了天空。购物中心则因为圣诞节的到来而灯火通明，灯光忽高忽低地闪烁着，宛如雅各梦中天梯上面的天使。市区巴士停靠处，也就是爸爸的狩猎场，今晚暂停活动。街道变得空旷，车辆在积水处疾驰而过，溅起的一层层水花打在我们的小屋上。

屋里，爸爸从屋檐上取下一根嚼过的米拉①，开始剔牙。他将目光集中在行李箱上，嘴角漾起一抹神秘的微笑。最后，这根米拉变成一团杂乱的海绵状物体。他从嘴里迅速吐出一口痰，那口痰越过屋子飞到了门外。突然间，他的脸绽放出光芒。"Hakuna matata！"②他喊道。说罢，他低下头从纸箱内取出一卷铁丝，然后急忙推着行李箱到屋子中央。有那么一瞬间，我们以为他不想让梅莎离开家。

妈妈试图阻止他打开行李箱："……住手！如果让她发现你动过她的东西，她说什么都要离开的。"

"女人家，别管我的事！"他斥责道，"我可不会坐在这里，让任何一个火奴鲁鲁人跟我的女儿私奔，他们得光明正大地娶她进门。"

"亏你说得出这番话，"妈妈说，"你到我家提过亲吗？"

"没人会付钱娶个麻烦的人，"爸爸反唇相讥，"你是个大麻烦，只要我一碰你，你肚子就大了起来。多看你两眼，你就怀个双胞胎给

---

① 米拉（miraa），一种提振精神、具有刺激性的植物。
② 源自非洲斯瓦希里土语，意指无忧无虑、快乐生活。

我，简直像个熟透的果实！"

"我这会儿成了麻烦的人！"妈妈提高了音量说。

"我要说的是我们得对观光客客气点。"

安提诺因为把手伸出小屋而浑身发颤，爸爸拉回她的手，把她的头套进毯子中央最大的洞。这是我们家确认成员都能盖到毛毯保暖的方式。爸爸抓住欧提诺的两腿，套在毯子边缘的两个洞口。"捷豹之子，"他在他们耳边小声说，"有捷豹的圣诞节。"他试图将安提诺与欧提诺用毯子好好固定住，但除了把他们弄得翻来覆去之外，始终不得要领。接着他失去了耐心，把两个人捆在一起，像个包装糟糕的肉卷。他们的脚贴在对方脸上，屈起的膝盖则紧靠在对方的身上，仿佛待在毛毯裹成的子宫里。

妈妈让他关好门，却遭到拒绝。他殷切地盼着梅莎回家，假装没看见我，仿佛我不是家中的一分子。妈妈将宝宝交给我，然后躺了下来。我坐在那儿吸食强力胶，直到整个人晕乎乎的。我感到脑袋发涨，屋顶开始松动、摇晃，最后与天空融为一体。

我发现自己飘了起来，骨头发热，思绪宛如夜里通过的电流。正向与逆向的电流交织流过，在一阵火花之中，我感觉自己整个人垂挂在校车的门边，准备搭车去上学。我将制服藏在书包里，这样就可以和其他在街头游荡的孩子一样免费乘车。课本内页的数字和字母不断向我袭来，仿佛有话要说。火光急速燃烧，炎炎烧灼的黑板越来越亮。阳光穿透屋顶的洞口流泻而下，我看见老师很有技巧地在黑板的裂缝之间写字，犹如一个驾驶技术超凡的出租车司机在布满坑洼的路上开车。接着，我在光秃秃、草木不生的田野间，追逐着橘色橄榄球，我在沟渠间跳跃，用手抱住球。我已经是班上年纪最大的学生。

妈妈抚摸了一下我的肩膀，接过我手中的宝宝，取下他身上的塑料袋为他冲洗干净，并在睡前给他换上干净的尿布。奈玛已经压在靠枕上睡着了。妈妈用纸箱铺好小床，她将宝宝放进纸箱后再立起纸箱的四个角，然后打开蚊帐盖在上方。蚊帐由 NGO 捐赠，爸爸尚未找到机会典当它。之后，妈妈蜷缩起身子，在纸箱旁睡着了。

天亮前，梅莎返回家，我赶紧叫醒爸爸。他手拿着玫瑰经念珠打盹，倾斜的身躯压垮了蚊帐。妈妈得不断用手肘叫醒他或是用脚踢醒他，每次睁开眼睛时，他总挂着训练有素的笑容，以为捷豹车就停在家门口。雨已经停了，不过厚厚的云层只会让夜变得更黑。积水使整座城市变得肿胀，浮肿的皮肤随时准备爆开。市集内摆放的桌子与摊位让街道看上去乱糟糟的，显得残破不堪，仿佛酒吧内刚有人打完架。路上到处堆满了垃圾——吃剩的鱼、文具、小玩意儿、枯萎的绿色蔬菜、塑料盘、木雕物和内衣裤。少了往常的人潮，昏暗的街道显得空荡荡的，任何一点微弱的声音都会被放大。警车通过许久后，还能听见官员们想从这些没法返乡过节的人身上捞一票的声音，他们靠着受贿换来圣诞节礼物。

梅莎搭乘一辆破旧的雷诺16出租车回家的。司机走下出租车时，她依旧虚软无力地坐在后座。司机拿出钳子，他得屈膝使劲儿撬才能撬开后门，让梅莎下车。爸爸失望的叹息声与内罗毕通知人们进行祈祷的声音一样大。姐姐走下出租车，筋疲力尽地靠在车旁。车内的座椅上摆着一袋又一袋的食物。

她示意爸爸离开，但他不予理会。

"我们的捷豹车和白人观光客呢？"爸爸问出租车司机，他把头探进这辆破车，仿佛这辆车随时有可能变身。

"哪儿来的捷豹？哪儿来的白人？"司机望着梅莎问道。

"捷豹……我女儿在哪儿上车的？"爸爸问他。

"我不能回答你这个问题。"他指指梅莎，对爸爸说。

梅莎弯腰在唯一一盏正常发光的车头灯前计算车费。由于长裤过于紧身，她的大腿和口袋处起了皱。她想法子在数钞票时不弄断自己漂亮的长指甲，那些指甲向内弯曲的弧度如爪子一般。昨天，她的头发还是修剪整齐、染成金色的波浪鬈发，就像是新烫过的一样。如今头发蓬乱地竖起，另一边还扁塌地露出几处头皮，显然遭到了化学药剂的灼伤。卸了妆之后的皮肤也惨不忍睹。为了淡化小时候留在脸上的痘疤，她竟然漂白了自己的脸，搞得脸上的色调不匀。眼皮以及眼周的皮肤对于她涂抹的各种乳液产生了过敏反应，今晚她的疲惫更加重了不匀的肤色和眼睛浮肿的痕迹。

司机无法轻易摇起窗户，于是伸长了手臂，保护着这几袋作为抵押品的食物。爸爸拿出六英寸长的铁钉，走近已磨损的轮胎。"你让我女儿吃了什么药？她向来都活力满满地回家。"

司机立刻瘫软在地，神色畏惧地苦苦哀求："老先生，我叫卡鲁姆。保罗·肯裘瓦·卡鲁姆……我，我是个正直的肯尼亚人。我敬畏上帝。"

"你想窃取我女儿的袋子？"

"不是，我求你，拿走这些袋子吧，拜托！"司机哀求着，试图阻止爸爸戳破他的轮胎。

"哎呀，爸爸，别丢我的脸，别说了！"梅莎虚弱地说，把钱交给司机。

爸爸拿起袋子，缓步离开了马路，他的鼻子里充满了食物的香味，最后，他突然冲进家中，想趁梅莎踏进家门前打开她的行李箱。

司机坐进车里，准备把钱放进胸前的口袋，这时却忽地慌了手脚。爸爸站在小屋门边望着眼前的好戏。没多久，司机像是衣服爬满了蚂蚁似的胡乱挥舞双手，他拉开口袋又迅速拉上拉链，心想窃贼应该还在附近。他脱下外套和衬衫仔细翻找，朝天空闭起眼睛，默想整个过程，食指朝着看不见的星星晃动。他甚至脱下袜子，趴倒在地，在潮湿的地面搜寻着，脸上滴落的不知是汗水还是泪水，"我的车费呢？"他对梅莎说，"刚刚明明还在我的口袋里呀！"

梅莎往前一探身子，朝爸爸发出尖叫，直到他严肃的脸上露出一抹做贼心虚的笑容。他将一沓钞票物归原主，跟双胞胎一样咯咯地笑着。司机简短地向梅莎道谢后，颤抖着双手掸了掸衣服。汽车一发动，他就开着车吱吱嘎嘎地离开了。喇叭声刺耳，左边那只车灯像是一只无法眨眼的眼睛。

梅莎摇摇晃晃地走进小屋，手里拎着的高得吓人的高跟鞋搭在肩头。妈妈给她和几个袋子留了空间，还在屋内喷洒了杀虫剂消灭蚊子。屋内的孩子被呛得纷纷咳嗽不止。梅莎进屋之后，妈妈像个女佣似的站在一旁，不停捻着手指头。我不敢直视梅莎，也不知道该对她说些什么。

"晚安，梅莎。"我脱口而出。

她停了下来，疲倦的身躯突然一惊。她先凝望着爸妈的脸庞，最后才发现是我在说话。

"谁让你开口的！"她说。

"你要离开家去做全职工作，我也要离开家，不念书了。"

"你得乖乖上学去。"梅莎说，"学费都筹到了。"

"离开家？吉迦纳，你闭嘴！"爸爸怒斥道，"你以为自己能做主了吗？'都怪有人率先起头作乱。'你们真蠢！没人要离开这个家！"

梅莎对我们怒目而视，当她打开行李箱拿出毛毯时，我们全都背过身去。她搭乘捷豹车的美好气味充斥了整间小屋，盖过浓重的杀虫剂味道。尽管每次她回家时总带给家人某种生活将会有所改善的希望，不过今晚我却恨透了她身上的香水味。

"梅莎，我和你妈妈不希望你去做全职工作。"爸爸捻着指甲说，"我们不准你这样做。"

"女儿啊，事情会好转的。"妈妈说，"多谢你替我们打发了一笔债务。"

"别客气，妈妈。"梅莎回答。

妈妈的脸庞因惊讶而现出光泽，她早已经习惯被人忽略。她张嘴想说点什么，却发不出任何声音。最后，她感激涕零地说道："谢谢你，梅莎，谢谢你为这个家所做的一切！"她不断鞠躬哈腰、双手合十，仿佛在祈祷。我从未见过她俩目光交接的模样。两人相拥在一起，她们的手仿佛成了绳索，将两个人的身体紧紧缠绕。尽管天气冷飕飕的，妈妈的额头却冒出豆大的汗珠，颤抖着双手替梅莎卸下耳环和项链，然后轻柔地扶她躺下。

我深信妈妈也一定想要劝她留下，不过爸爸示意妈妈住嘴，让他来处理。

"女儿啊，你好好休息，想一想，族人不是常说，不论北或南、东或西，家是最温暖的地方……"

"梅莎，我不去上学了！"我说，"我已经把这个决定告诉爸妈了，他们会退还学费给你。"

"吉迦纳，拜托你别再跟我争辩了！"梅莎说，"你也同情不了我的遭遇，让我安静几小时！"

爸妈坐在屋外的油漆桶上，我站在墙边，刻意跟他俩保持一段距离。在梅莎离家前，我想再见她一面。

浓雾带来了露水，加深了夜色，门前的警示灯似乎成了远方的一团光晕。我们听见梅莎躺在地板上翻来覆去的声音，她抱怨弟弟妹妹的身躯令她难以翻身，并拍打着恼人的蚊虫。我们仿佛在为她留在家中的最后一晚守夜。全家人感到惶惶不安，彼此间的静默显得异常沉重。爸爸嘴里絮絮叨叨地念着自己该多去清扫教堂，他赞同妈妈说的，如果他每天去教堂打扫，而不是想去才去的话，圣若瑟劳工主保会更加庇佑我们。妈妈痛骂他几句，因为爸爸总说他不需要圣若瑟的同情，不必去清扫供人敬拜的圣地。接着，爸爸责怪起妈妈不参与 KANU①举办的贫民窟集会，不然能多赚几先令回家。

夜里充满了动物的叫声和咝咝声响，我宁愿不去听他们争吵，而把注意力放在梅莎局促不安的呼吸上。梅莎拍打蚊子和翻身的声音再次响起后，妈妈再也不能忍受，她冲进屋内，取下纸箱上方的蚊帐，绑在屋檐上，这么一来姐姐便有了蚊帐的遮蔽。然后她在屋内再次喷洒杀虫剂，带宝宝出去喂奶。咳嗽声不绝于耳。爸爸推开窗户让空气流通，风却灌不进来。于是他拿起门板扇风，想把新鲜空气带到屋内。

天一亮，安提诺与欧提诺率先起床了。两人看上去疲惫不堪，杀虫剂的味道依旧令他俩的鼻子不舒服。他们站在我们面前，撒了一泡

---

① KANU 为肯尼亚非洲民族联盟（Kenyan African Nation Union）的缩写，是非洲主要政党之一。

早晨的黄色尿液，一边打着喷嚏，一边啜泣。

街道开始人声鼎沸，孩子们也都醒了，宛如晨起觅食的鸡在街上游走。其中有些人有气无力地走着，看样子吸过了强力胶，呈现晕乎乎的状态。其中一个孩子提高了嗓门，动作夸张地向同伴们诉说他的梦境。其他孩子跪倒在地，颤抖着身子祈祷，他们紧闭着眼睛，仿佛再也睁不开了。一名男子大声嚷嚷，指着两个孩子大喊，说他们偷了他的钱包，却没人搭理他。他的长裤口袋连着拉链被划开了一个方形大洞，他只得将衬衫拉出以遮掩裸露的大腿，然后迅速逃离现场，脸上带着困窘的笑容。天空不见太阳的踪影，只有微微染红的色彩。

双胞胎开始哭着要吃奶，忙着寻找妈妈的乳房。爸爸用力打了他们一顿，两人跌坐在地，脸上挂着泪不敢流下来。奈玛打破了魔咒，她走出屋外，在我身旁的油漆桶上坐了下来，抓起我的手，试着逗我笑。"别闷闷不乐了，吉迦纳，"她说，"难不成你想娶那女孩？记得该你带宝宝上街乞讨了。"

"让我静一静。"

"你可以娶我呀，我没有离开。"她朝我伸了伸舌头，"我也是你的姐妹，而且生得更美。来，看我这里照张相……笑一个！"看样子她睡得很好，已将梅莎要离家的震惊忘得一干二净。如今她恢复本性，开始嬉皮笑脸，笑得露出了漂亮的深酒窝，她变得聒噪："你们得让梅莎走。"

"你呢？"我说，"你只听梅莎的话。"

"我是个大女孩了，小子，可以养家了。如果你想上学，我可以替你攒学费！"

她献给我一个飞吻，梅莎的面霜使她漆黑的脸庞现出光彩。

在我开口说话前，奈玛突然爆发出狂笑，她冲进屋内拿了几袋我们几乎忘记吃的食物，差点绊倒爸爸。她将食物摆放在地上，撕开袋口，给这个早晨带来了希望，食物诱惑着我们所有人。爸爸咬下一口鸡翅膀，妈妈拿了鸡腿。我们其他人忙着吃起发酵米、马铃薯泥、色拉、汉堡、比萨、通心粉和香肠。嘴里喝着没了气泡、掺了融化冰淇淋的可乐。奈玛用牙齿开启塔斯克啤酒和城堡啤酒的瓶盖。起初，大伙儿跪坐着、安静地吃着东西，跟小松鼠一样不时抬起头来，查看他人取走了什么吃的。没人想着去吹气球，或是打开梅莎带回家的卡片。

之后，双胞胎仰躺在地上兴奋地笑着，呕出嘴里的食物，做完这个动作之后再继续吃。他们的嘴角沾了冰淇淋与啤酒，夹杂着粉红色、白色和绿色。我们根本没法让他们安静下来。出租车停在路边，梅莎拖着行李箱走出屋外。司机开门让她上车时，爸妈停顿了一会儿，随后，妈妈哭了起来，爸爸则对着街上破口大骂。

我偷偷进屋里吸食强力胶，然后从纸箱中拿出课本，撕得粉碎，弄断铅笔和圆珠笔，沾满掌心的蓝色油墨好似蓝色的血液。最后我拿出仅有的一条长裤和两件衬衫套在身上。

我没去碰我的制服，只呆坐在行李箱原本摆放的位置哭泣。这地方宛如新掘的墓地，我匆忙吸吮着强力胶，将奶瓶上下摇晃，让鼻孔紧贴着它闻气味。

出租车载走梅莎后，帮派分子整个早晨都绕着我家的食物打转，我扔下奶瓶，加入家中成员的行列，我们一边奋力往嘴里塞食物，一边急着将袋里的食物拖回小屋，让其他孩子取走气球和卡片。

我混在这群孩子当中，跟着他们一块儿离开了，我们越过几条交通要道，穿过马路，从此消失在内罗毕。而我对家人最后的记忆则停留在双胞胎满足的打嗝声与咯咯的笑声里。

崭新的语言
What Language Is That?

　　小女孩笑了，她发现了一种崭新的语言。现在她告诉父母，她准备好去亚的斯亚贝巴了，因为她知道她和西兰还是最好的朋友。

　　你的好朋友喜欢你的一对小眼睛、瘦削的脸、走路的模样以及你说英语的方式。她姓西兰。你则喜欢她的酒窝、长腿以及手写字体。你们俩都喜欢吃微笑母牛太妃糖。她是家中的小女儿，你是家中的独生女。整个世界似乎只容纳得下你们俩，无止境的咯咯笑声是你们之间的密语——这点简直让其他孩子忌妒死喽。西兰住在巴明亚一栋两层楼的红色公寓；你住在对街一栋两层楼的棕色公寓。

　　有时放学后，你跟西兰一起站在阳台上，观看西兰的两个兄弟和朋友在有坡的街道上玩着自制风筝。他们奔跑着，兴奋地发出尖叫，直到脚跟踢开了一片埃塞俄比亚的尘土。男孩们奔进头上顶着大金属托盘、贩卖CD的小贩之间，或是冲进四轮马车以及驮了重物的驴子间，引起间歇性的交通堵塞。他们尽可能地避开下一条清真寺所在的街道，假如风筝不幸缠绕住清真寺的尖塔，伊玛目①就会大发雷霆。他告诉

---

① 对伊斯兰教宗教领袖或学者的尊称。

孩子的爸妈说，放风筝是异国玩意儿，责备这些为人父母者竟让孩子做出异教徒行为。不过你挚友的爸妈与你的爸妈聊起这件事时，他们说已经找伊玛目沟通过，认为他不该在自由的埃塞俄比亚教导他们该如何教育孩子。因此，许多个午后，你都能目睹风筝在远方的咖啡田以及美丽的丘陵地上空飞翔。当风筝盘旋在辽阔、低矮的空中时，你举起手遮住刺眼的光线，望着它自由地遨游天际。

有些时候，你们根本没必要到另一个人家中碰头。不用那么麻烦，你跟挚友经常站在自家阳台前，隔着街道就可以彼此嚷嚷着童谣。棕色麻雀栖息在电线上头，电线上缠绕了许多无法再飞翔的风筝，好似一张巨大的蜘蛛网诱捕了一堆蝴蝶。你的妈妈不在乎你们口中大声朗读的童谣是什么，她认为你们不过是孩子罢了；爸爸基本上也不怎么反对，只要别扰了他的午觉。等他睡醒后，有时会开着他的白色汽车载着你兜风。西兰的爸妈对于两个小女孩彼此大呼小叫的事可不怎么高兴，却也奈何不了两人。

周六某些时候，你的妈妈或是艾梅·西兰（西兰的妈妈）会牵着你们俩走过两条街到教堂后方去，请人帮你们编发辫。你们俩就像一对双胞胎，总选择相同的发型。有时候，你会到她家一起看迪士尼频道；还有的时候，她会到你们家来玩蛇梯棋①，然后一起享用多罗瓦特②

---

① 蛇梯棋为桌上棋盘游戏，掷骰子决定在有蛇和梯子的棋盘上前进或是后退几步。
② 多罗瓦特是选取鸡腿肉部分以奶油嫩煎后，佐以红椒、洋葱等一块儿炖煮的菜肴。

和通心粉。

　　某个星期日做完礼拜后，西兰到你们家玩，因为她的爸妈出远门旅行。爸爸开车载你们俩到费德拉威酒店用餐。一路上，你们俩念着海尔·塞拉西·阿拉达美丽市集里两旁林立的广告板上的内容——西兰念出右边的广告，你则念出左边的。到了费德拉威酒店后，爸爸挑了一张户外餐桌用餐，你们在大遮雨篷下方的位置坐了下来。他骄傲地看着你们俩各自念着菜单。你们都点了比萨，爸爸则点了一大盘马柏拉威①。

　　"汉堡肉都是猪肉吗？"西兰问道，说完往嘴里塞进一片蘑菇。

　　"嘿，这是谁说的？"爸爸问。

　　"哈蒂雅。"她回答。

　　"我告诉过你别跟哈蒂雅说话！"你说完，连忙放下手中的叉子，"她不是我们的朋友。"

　　"我没有跟她说话。"

　　"我不要再跟你说话了。"

　　"对不起嘛。"

　　你站起身，将你的椅子移开她身边。

　　"噢，不。"爸爸将你的椅子推回挚友身边，"别这样，小姐们。好朋友不吵架的。"

---

① 埃塞俄比亚代表食物，以奶油、大蒜、洋葱和烤肉酱烹煮的羊肉，加上以奶油、新鲜番茄、青椒和洋葱炒过的牛肉，佐以各种蔬菜。

"好啦，爸爸，"你回答，"可是她跟哈蒂雅说话，她对我发过誓不跟哈蒂雅交朋友呀，爸爸。"

"我没跟她说话，是她自己过来跟我说话，她说我跟基督徒一起鬼混，说完之后就跑开了。我已经说过对不起了，对不起，好吗？"她的双眼濡湿，"我也不跟你说话！"西兰朝你大吼，"也不抱你了！"

"哎呀，别这样，西兰！"爸爸试图缓和你们之间的矛盾，"她跟你开玩笑的。她会跟你说话、跟你坐在一块儿的。"然后他转过身看着你说："亲爱的，对好朋友不可以这样！"

在座的其他人盯着你瞧，同样坐在篷子底下庆祝生日的孩子们全都笑逐颜开，西兰却哭了起来。爸爸松了松自己的领带，抱着她，用手帕替她擦拭泪水。此时戴着银质鼻环的女侍走了过来，揶揄你说好姐妹不该吵架，这令刚做完礼拜的爸爸在众人面前受到了羞辱。

爸爸对你说："现在马上跟西兰和好，否则我们立刻回家！"

"好吧，西兰，对不起，"你向她道歉，"我会跟你说话。好朋友……抱一下？"

她点点头："好吧，好朋友……抱一下。"

你们相互拥抱，女侍在一旁为你们鼓掌欢呼，将你们俩的椅子并拢。

"呃，西兰啊，在我们继续用餐前，我跟你说明，你可以自由选择想吃的食物，好吗？"爸爸满心歉意地说。

"好。"

"真的？"他说，声音听上去似乎松了一口气。

"是啊！"

"我原本就想让你爸爸今晚跟你谈谈这件事，我正打算跟他到巴明亚电影院看足球比赛片初演。"

"我刚才只是想告诉好朋友哈蒂雅跟我说了什么。"

"这是我欣赏你爸爸的原因，"他摸摸西兰的头说，"他思想开明……是个好人。"

你坐下来开始用餐，用红白相间的吸管喝着新鲜的石榴汁。你们一块儿说着待会儿到家之后要玩的游戏，还有你们俩多么期待明天能到学校上课。

一天，好友全家到邻村去看季马自行车赛，而你却在爸妈的床上醒来。公寓里充满了烧焦的气味，整条街也都空荡荡的。爸爸告诉你那天不必去学校上课了。

整个早上，你的爸妈都没离开过你身边。他们的卧室没有面对西兰家的窗户。他们跟你坐在一块儿看卡通片，之后跟你谈到他们的童年往事，还提到了多年前在亚的斯亚贝巴观看过的伊利裘吉札电视节目。爸爸扮演阿巴巴·特斯法伊的角色，告诉你许多儿童故事；妈妈则扮演堤鲁菲，协助并提醒故事的进展。

妈妈让你花很多时间洗澡，将你的衣服带进他们的房间。爸爸让你大声朗读所有你喜欢的书籍并背诵祈祷文。他们不急着去工作，也不急着去其他地方。家里的帮佣没有出现。

你打了个哈欠，跳下床。

"我要去见我的好朋友。"

"过来坐一会儿。"妈妈拍了拍床——她跟爸爸中间的空位说。你走了过去，坐下，只见妈妈望着爸爸，爸爸的目光却紧盯着墙壁。

爸爸清清喉咙说："亲爱的，我们不希望你再跟那个女孩玩。"

"什么女孩？"

"那个穆斯林女孩。"妈妈说完，将她那庞大的身躯靠近你。

"我的好朋友？"

一阵沉默。

你望着妈妈，然后再瞧瞧爸爸。你不相信这是真的，你一直等着他们哪个人主动说明这是一个玩笑。"别大惊小怪的，"爸爸耸耸肩膀说，"昨天晚上发生了暴动。邻近的屋舍全都被人放火烧了。"

"西兰家的公寓呢？"

"她们家没事。"他说。

"那我可以去跟她说话吗……"

"我们说了……"妈妈望着你说。

"不行？我只想要抱抱她，拜托！"

"我们明白你的感受，"爸爸说，"说真的……你才六岁，不会明白这些事的。"

"听着，宝贝。"妈妈说，"你是我们唯一的孩子……我们唯一的掌上明珠。"

"可是我真的好想念她！"

"你知道她的爸妈也一样阻止你们往来吗？"她说。

"真的？艾梅·西兰、阿拜·西兰也这么说？那么谁来跟我玩呢？"

"我们可以陪你玩啊！"妈妈说。

爸爸摸摸你的背，翻译妈妈说的话。

"那么谁去陪西兰玩？"

"哈蒂雅。"爸爸回答。

"哈蒂雅？"

"她还有其他兄弟会陪她玩，你不必为她担心。"他说。

"可是我不要哈蒂雅跟她玩，我不喜欢她。"

你将遥控器丢在地上，在他们抓住你之前迅速冲进了房里。你打开房间那扇百叶窗，望着西兰家。她住的那栋公寓有一部分被烧得焦黑，不过西兰家没事。建筑物由于大火的缘故呈现红黑色，其中几户人家被烧得精光，只留下黑色的空壳；石头搭盖的屋舍跟往常一样坚固。因为百叶窗和窗户都不见了，你可以清楚见到房子内部的墙壁与部分烧焦的家具。

幸好，西兰家的公寓没事，百叶窗是拉下来的，因为这场大火，公寓看上去孤零零的。你环顾四周，发现其他房子还冒着黑烟，天空一片灰暗。路上见不到驴子和马匹的踪迹，一堆损毁的四轮马车横躺在街边，好像水槽内待洗的餐盘；就连电线上也不见小鸟的踪影。

你多希望西兰能够到阳台来，你想要见见她。你想象着她跟你一样也站在百叶窗后面，因等着对方而心跳加速。你想象她与爸妈坐在床沿，想着大人告诉她从现在起不得不找一个新朋友。你看见她跟哈蒂雅一块儿玩耍，一块儿去编发辫，听见她俩咯咯的笑声，称呼对方为挚友……你气得紧握拳头，一心只想见到阳台前的西兰。

"我们家也被大火烧了一部分，"爸爸蹲在你身后，扶着你的肩膀说，"如果你打开窗户，烟雾会弥漫进来……这里空气不好。"

"爸爸的标致汽车也被恶意破坏了。"妈妈坐在你的床上说。

"西兰的家人呢？"

"他们没事。"她说，然后爸爸将你从窗户边拉回床边，"你爸爸和她爸爸今早谈过了你俩的事，两家现在的关系还很紧张。"

"你跟艾梅·西兰吵架了？"

"没有，她是个好女人。"妈妈说。

爸爸沉默不语，摆弄着手里坏了的遥控器和电池。你看见房间墙壁上张贴的世界地图，上面有伊堤·穆鲁老师在学校教你们辨认的国家名称。你将目光集中在"非洲大陆"的字迹上，这是挚友曾经在地图上留下的手迹，你强忍住决堤的泪水。

妈妈紧紧抱住你。

"爸爸，你跟阿拜·西兰吵架了？"

"不是我们，是我们双方的族人。"爸爸说。

"这无关私人恩怨，"妈妈说，"你知道他们是穆斯林吧？"

"知道。"

"不过是信仰不同罢了。"他说。

"信仰？"

"这件事说来复杂。"她说。

"现在是非常时期。"他点点头。

"他们是坏人吗？"

"不，不是。"她说。

"好吧。"你回答，尽管你一点儿都不明白这是怎么回事，"我们明天要去学校上课吗？"

"明天不去。"爸爸说。

"快了，宝贝，很快就能去上学啰！"妈妈说。

那天晚上，西兰家灯火通明。你冲到窗边拉开百叶窗瞧，她家的百叶窗也同时拉开了，只不过没有任何人在那儿。她们家的百叶窗拉开时，你强迫自己不要站在窗边。你在一旁默默等候，期盼见到任何一个人影走过窗边，却一无所获。

接下来的两天，只要妈妈离家去办事，爸爸就会留在家陪伴你。爸爸出门时，则轮到妈妈陪你。尽管街道再次变得热闹，鸟儿们也重新回到电线上，但你们家的帮佣却不再出现。

　　你在午睡时做了噩梦，你梦见西兰。在其中一个梦境里，她转过头去完全不理会你。她满脸怒气地瞪着你，脸上的小酒窝像是要胀破了一般。她站在阳台上与哈蒂雅一起背九九乘法表，还教她写一手漂亮的字，跟她一块儿分享微笑母牛太妃糖。哈蒂雅的英文变得比你还好，而且脸庞瘦削了许多，人也变美了；西兰喜欢她走路的姿态，你的姿势则变得跟一株老咖啡树般扭曲而丑陋。你难过得哭了起来，哈蒂雅却走过来拥抱你。她对你说错不在西兰，是她的爸妈不让你们来往，你跟他们不同。你哭得好伤心，因为抱你的人竟是哈蒂雅，而非你的挚友。

　　午后时分，你假装在房间里看书，借以躲在百叶窗后面观望西兰家的动静，你顾不得之前做了什么噩梦。你确信她不会再到阳台来，不过依旧保持警戒，因为你想知道哈蒂雅是否会去她们家玩。

　　忽然，西兰蹑手蹑脚地走到阳台上，在大火肆虐过的公寓衬托之下，她看上去像个鬼魂。午后阳光的照射更加显得她面色苍白，脸上深深的皱纹像汉堡包上的纹路一样。几天不见，你发现她变得骨瘦如柴，个子似乎矮了不少。身上穿着的衣服好像一袭白色薄纱，将她从头到脚包裹住，在风中飘扬着。如果你此时在阳台现身，西兰是否会跑回屋里去？如果你不听妈妈爸爸的话跟她交谈，她会愿意违背爸妈的意愿跟你说话吗？或者她会去向她的爸妈告状，然后她的爸妈会跟你爸妈责备你？她是否会和梦里一样冷落你？在恐惧与猜疑之中，你只敢躲在暗处观察她，宛如大冷天的太阳躲在云朵之中。西兰盯着你们家瞧，你却一动也不敢动。她抓着阳台栏杆，头朝下望着街道，左顾右盼，你随着她的目光，想看她是否在等候哈蒂雅。

晚餐时，爸妈要你高兴点，并劝你多吃一些。两人兴奋地交谈着，就像西兰与哈蒂雅在你梦中那般热络，他俩在你杯里倒满了可乐。

"明天下午我们要起程前往亚的斯亚贝巴去见亲戚。"妈妈说。

"什么时候回来？"

"我们都还没出发哩！"爸爸急忙说，"你最近是怎么回事？前几天还摔坏了遥控器。忘掉西兰这件事吧。"

"爸爸，我没事。"你回答，试图安抚爸爸的情绪。接着，妈妈转身看着你："我们一个星期内回来。巴明亚目前局势紧张。"

"我不想去。"

"嘿，你说的什么话！"妈妈大发雷霆，用力拍着我们那张手工制的沙漏形柳条餐桌，"打断别人说话很不礼貌！"

你闭上嘴巴才不至于挨骂，你低头猛吃东西，他们却等着你给自己找理由。你切下一大块英吉拉①，在上头淋上肉汁，搭配一些蔬菜，用英吉拉将这些食材卷起，翻转膨起的面包不让菜汁和肉汁流出来，然后你迅速咬下一口。你喝着可乐和白开水，感谢爸妈准备了晚餐，之后，便径自回房去了。他俩在谈论政府是如何封锁新闻报道，使复

---

① 埃塞俄比亚传统食物，一种发酵面饼。

杂的事情不会外泄，以及两年前政府是如何处理季马那次事件的。

第二天下午你来到阳台，西兰正巧也待在自家阳台上。两人面面相觑。你们跟随着彼此的目光，望向咖啡田、丘陵地，最后看着太阳。天空开始乌云密布，街道上传来低沉的嗡嗡声，两头驴子从远方发出嘶鸣。丘陵地带吹过一阵微风，让人感到清新、舒畅。电线上聚集了许多麻雀，其中几只鸟面对着你，另外几只鸟则静静地望着她，仿佛在跑道上等待着发令枪响。

西兰朝你慢慢地挥了挥手，这只手摆动得极不自然，像是长在另一个人身上，你也跟着缓缓地挥挥小手。接着她缓缓张开嘴巴不知说了些什么，你回应她："我听不见！"她换成两只手同时朝你挥舞，你也举高了双手朝她用力挥了挥。她对你绽放出微笑，脸上的酒窝美极了——那两个深色的小坑。你张开嘴微笑，露出一整排牙齿。"抱抱，抱抱！"你用口形对她说。她脸上先是一惊。接着你双手朝空中拥抱，仿佛是在对方的脸颊上亲吻。她立刻跟着照做，也给你一个飞吻。

她偷偷回过头去张望，暗示你她得离开了，接着就冲进了屋里。你也跟着回到百叶窗后面。你瞧见艾梅·西兰现身阳台，她满脸怒气，脖子上围着一条围巾。她瞧了瞧你们家，然后目光又扫视一遍街道，旋即回到屋里。

你开心地笑了，因为你发现了一种崭新的语言。你走进屋里询问爸爸妈妈何时动身前往亚的斯亚贝巴。

　　"亚的斯亚贝巴这地方很好玩，你会在那里认识新朋友哦！"妈妈边说边整理行李。

　　"没错，妈妈。"

　　爸爸停下呷啤酒的动作，说："乖女儿……我会再去买一个新的电视遥控器。"

图书在版编目（CIP）数据

就说你和他们一样 /（美）乌文·阿克潘（Uwem Akpan）著；卢相如译.
—长沙：湖南文艺出版社，2016.10
书名原文：Say You're One of Them
ISBN 978-7-5404-7791-2

Ⅰ.①就… Ⅱ.①乌… ②卢… Ⅲ.①短篇小说—小说集—美国—现代
Ⅳ.① I712.45

中国版本图书馆 CIP 数据核字（2016）第 218453 号

著作权合同登记号：18-2016-131

SAY YOU'RE ONE OF THEM
Copyright © 2008 by Uwem Akpan
Published in agreement with Lippincott Massie McQuilkin, through The Grayhawk Agency.

JIU SHUO NI HE TAMEN YIYANG

就说你和他们一样

作　　者：[美]乌文·阿克潘
译　　者：卢相如
出 版 人：曾赛丰
责任编辑：薛　健　刘诗哲
监　　制：吴文娟
策划编辑：董　卉
特约编辑：陈晓梦
版权支持：文赛峰
营销支持：仇　悦
封面设计：姜利锐
版式设计：张丽娜
出版发行：湖南文艺出版社
　　　　　（长沙市雨花区东二环一段508号　邮编：410014）
网　　址：www.hnwy.net
印　　刷：北京天宇万达印刷有限公司
经　　销：新华书店
开　　本：880mm×1230mm　1/32
字　　数：150千字
印　　张：7.25
版　　次：2016年10月第1版
印　　次：2016年10月第1次印刷
书　　号：ISBN 978-7-5404-7791-2
定　　价：36.00元

质量监督电话：010-59096394
团购电话：010-59320018